U0104142

文學與生命的交響樂章

的交響樂章

閱讀書寫課程教材編寫團隊 主編

目次

序一

閱讀，讓陽光走進來，讓生命亮起來

莫聽穿林打葉聲，

何妨吟嘯且徐行。

竹杖芒鞋輕勝馬，

誰怕？一蓑煙雨任平生。

料峭春風吹酒醒，

微冷，

山頭斜照卻相迎。

回首向來蕭瑟處，

歸去，也無風雨也無晴。

——蘇軾·定風波

「甚麼方式可以留住時間？」

元代的皇帝一上任就運用《易經》的方法建造大都紫禁城，用九五之術期待國家可以「大哉乾元」永續經營，生生不息；愛情的信物是鑽石，因為「鑽石恆久遠，一顆永流傳」，似乎可以保證愛情不渝；親情之間，自然而然就是一種關心，有父親用手錶傳遞對孩子永恆守護的信念！

「甚麼方式可以傳送真誠呢？」

用line、用mail、用電話，還可以通過月光，傳送一種真摯的情

誼！我們在讀中學時，也許曾經用摺紙鶴、親手做滿滿一罐的許願星
星、或者是親手畫卡片，甚至用心去找尋紀念品傳送真摯的情誼與深
深的祝福。但是真誠是甚麼呢？

「甚麼是真誠？真誠又是甚麼？」

禪宗常會提起「回歸真心」，但是一如達摩所云「過去心不可
得，現在心不可得，未來心不可得。」總期盼掌握住什麼？或是得到
什麼？通過閱讀文學的篇章，我們可以學習寫好一篇文章，將心中的
想法，用更完善更優美的詞句去傳送我們的真心與念想！

孩子們！讓我們一起在《文學與生命的交響樂章》閱讀與思考
中，隨著前輩文學家的好作品，認識生命的流轉變化，在親情、友
情、愛情以及健康相關課題的學習中，探索自我生命的意義，點亮
心中的智慧明燈，在生命一路前行的路上，大無畏！如同佛陀說：
「atta-deepo bhava(成為你自己的明燈)，你就是照亮所有感官和身體
的明燈，哪裡還需要其他的燈呢？」打開心呼吸，感覺心中有溫度的
光明，讓陽光走進來，讓生命亮起來！

明道大學國學研究所所長

羅文玲謹誌

2014年9月白露於開悟大樓

序二
大學國文課程閱讀書寫計畫

　　在過去一年的時光中，幾次與學校同事們一同參與計畫辦公室所舉辦，以「生命教育」為主題的教師社群研習營，在聆聽講者分享自己的生命歷程時，心靈幾番與之激盪，這股心靈的波動總在研習結束後，如同漣漪一般迴旋，延展至今。

　　生命的故事總是吸引人的，何況生命的歷程若充滿曲折與驚奇者，更是如此。個人投身文學教育多年，深覺在閱讀文學作品的同時，其實也正在閱讀作家的生活體驗與對生命歷程的感悟。而生命教育即是激發學生對於自我心靈的覺醒，藉由閱讀作家自我生命歷程的書寫，去觀照自我，進而改善周遭與人與物的互動關係，以提昇自我生命的內涵與展現生命關懷。

　　在二零一三年七月，明道大學通過教育部補助「全校性閱讀書寫課程推動與革新計畫」——「B類中文語文教養教師群組課程」計畫，此計畫以「生命教育」為核心，設計將「生命教育」的理念融入大學國文課程之中。上學期的主題為「生命列車」，主要目的在於啟迪學生對自我生命的覺察，分為五大教學單元進行，依序為「家庭同心圓」、「友情心電圖」、「緣來就是你」、「養生深呼吸」、「生命向前走」，從親情、友情、愛情、健康以及臨終等相關課程，探索自我的生命意義；下學期的主題為「生命風景」，主要目的在於激發學生對生命的關懷，分為五大教學單元進行，依序為：「我思故我在」、「病痛拉警報」、「男女囧很大」、「溫暖關懷心」、「環保

最樂活」，從個人成長史、疾病、性別平等、關懷弱勢、生態環保等相關課程，教育學生以同理心關懷生命族群。此外，藉由學生多元習作方式表達對自我生命的反省與書寫，進而達到生命教育的目的。

此閱讀書寫計畫之推動，首先要感謝本校陳世雄校長、林佑祥副校長、何偉友教務長、蕭雅柏主任、陳蓬桐秘書，本著關懷大一國文教學革新的精神，對於本計畫的支持與執行上的協助。此外，尤其特別要感謝羅文玲所長以及詩人蕭水順教授（蕭蕭）在課程規劃上的指導。最後，要感謝一群對大學國文充滿專業熱誠的教學團隊，全心全力投入教材的編纂與教學資源的開發，使得「生命教育」的核心理念，得以融入大一國文而順利實施。

何其榮幸，在當今大學殿堂，能透過此計畫的執行，師生一同在生命課題的互動中，彼此學習、分享對於生命的關愛與感動，相信愛如一炬之火，能照亮你我的內心，藉由教育傳達溫暖的關懷。

計畫主持人　陳鍾琇

序於明道大學開悟大樓研究室

二〇一三年八月二十三日

序三

如何讀懂這曲交響樂的琴譜

　　本書專爲大一國文課程而設計，主要在加強大學生的閱讀書寫能力，以作爲學生學習的軟實力。大一國文爲了因應不同科系學生選修的條件，以「生命教育」爲最大公因數，特別針對「生老病死」相關議題進行文學選篇與討論，與過去文學本位的教學法不同，而採以互動式、對話溝通爲課堂經營模式，希望學生可以在學習過程中敞開心胸、分享生命，達到教學相長、生命交會的光亮，也是本書《文學與生命的交響樂章》命名的由來！

　　爲了在教學上產生交響、共鳴，書中的每一選篇各有「奏鳴曲」、「主旋律」、「協奏曲」、「迴旋曲」、「插畫」等五種元素。

　　◎「奏鳴曲」爲文章本文，穿插加上段落賞析與局部注釋，在本文中穿插「間奏」交替循環，宛如一首奏鳴曲。

　　◎「主旋律」爲作者簡介，加上全篇選文的整體賞析。了解作者的創作生涯與寫作特色，便是掌握了該篇樂章的主旋律。

　　◎「協奏曲」爲閱讀完本文延伸出來的學習活動，設計適合課堂教學使用的學習單，讓學生的回饋加入樂章的演奏，因而命爲「協奏曲」。

　　◎「迴旋曲」爲延伸閱讀的推薦書單，至少五種，不限於書面文字，也包含影視文學，讓學生在課餘有自學對象，將學習無限延伸，有如「迴旋曲」一般。

　　◎「插畫」挑選與選文相應的圖畫作品，由各篇撰文老師自由搭配，呈現多元風格的拼貼，收到圖文並茂、交響共鳴的效果。

　　此外，針對教材規劃中，對於課堂上學習單的習作，還另外設計了一本「筆記書」，提供給每位學生將整本教材的習作、整個學期的成品集結成一本專屬的手工書，並搭配成果展公開展出。

　　閱讀書寫計畫的授課老師們、教學助理（TA）們已經準備好了，要跟大一新鮮人來一場文學與生命的交會！同學，你準備好了嗎？準備迎接全新的、體驗式的國文教學吧！

計畫協同主持人　王惠鈴
謹筆於明道大學中文系
二〇一三年八月二十五日

「家庭同心圓」

你有多久沒跟家人好好說說話？吃一頓飯了？
你想念過去美好的一切嗎？

本單元探討親子、手足之間溝通落差的議題，
透過作品對於親情的體認，著重引導同學探索
親情中最難以跨越的溝通問題與期待落差。所
選的篇章有：

陶淵明〈責子詩〉，從傳統父母「望子成龍、
望女成鳳」的期盼，由於「愛之深，責之切」
的緣故，孩子在父母眼中永遠長不大，有著
「恨鐵不成鋼」的共同感嘆。

魯迅〈風箏〉，透過曾經毀壞弟弟風箏的童年
往事，表達了自己懊悔的心情。並藉著閱讀
到西方講論兒童的書籍，反思生長在中國社會
中，五倫的兄弟親情，以及長幼尊卑的觀念。

一部曲「家庭同心圓」選篇一：
陶淵明〈責子詩〉

▊|奏鳴曲| •

白髮被兩鬢，肌膚不復實。雖有五男兒[1]，總不好紙筆。

• 間奏 1 •

陶淵明一開始形容自己兩鬢斑白、逐漸年老。雖然有五個兒子，
然而卻都不喜歡讀書寫文章。可見，陶淵明對於兒子多少還是懷
抱著希望，期待兒子能像自己一樣喜愛文學。

阿舒已二八[2]，懶惰故無匹[3]。阿宣行志學[4]，而不愛文術[5]。
雍端年十三，不識六與七。通子垂九齡，但覓梨與栗。

---

1 陶淵明有五位兒子，分別是陶儼（阿舒）、陶俟（阿宣）、陶份（雍）、陶佚
  （端）、陶佟（通）。舒、宣、雍、端、通都是小名。陶份與陶佚是孿生子（雙胞
  胎）。見龔斌《陶淵明集校箋》，（上海：上海古籍出版社，1999年）頁262-263。
2 二八：即十六歲。
3 無匹：無人可比。
4 志學：指十五歲。
5 文術：文章學術。

•間奏 *2*•

在陶淵明的眼中，自己的五個孩子都有一些缺點。老大阿舒懶惰
無人可比；老二阿宣十五歲不愛讀書；同年的老三阿雍與老四阿
端已經十三歲，卻不知六與七之數（六加七等於十三）；老五阿
通九歲只會要梨子與栗子吃。

天運苟如此，且進杯中物。

•間奏 *3*•

陶淵明感慨「望子成龍，望女成鳳」的希望落空，天命若如此，
就只得藉酒澆愁。尤其陶淵明對長子寄望深厚，曾在〈命子詩〉
寫道：「名汝曰儼，字汝求思。溫恭朝夕，念茲在茲。」，從長
子出生後，為子命名即寄予厚望，然而長子到了十六歲卻懶惰不
好詩文。綜觀整首詩充滿「虎父偏偏有犬子」的無奈與感慨。

——本詩選自龔斌：《陶淵明集校箋》（上海：上海古籍出版社，1999）。

▌|主旋律| •—————————————————

　　陶淵明（潛）（369~427），是中國東晉到南朝劉宋之間的人物。他的家鄉在中國尋陽柴桑（現今江西九江縣）。他的曾祖父陶侃是東晉的大臣，曾封爲長沙郡公；祖父陶茂曾擔任武昌太守。大約到了父親這一代，家道中落，因此陶淵明自小家庭貧困，然而家中雖然貧困，陶淵明仍受儒家教育薰陶以及當時魏晉玄學崇尚自然的哲學思想影響，他的人格與個性，甚至文學風格都能見到儒家與道家思想交融的特質與韻味。

　　陶淵明曾在〈歸去來兮辭〉與〈與子儼等疏〉的作品中，說明他是爲了「家貧」而出仕任官，曾擔任彭澤令。然而出仕任官的熱情並沒有持續很久，由於意識到當時魏晉政局的詭譎險惡，懷抱著儒家匡正時局的壯志已無法實踐，反而會因此遭致殺身之禍；再者，由於自己本性的自然純眞也與虛僞的世代格格不入，所以便選擇回歸田園，以耕讀爲樂。

　　本篇〈責子詩〉表面上看來，陶淵明似乎對自己的兒子不愛詩文、懶惰、愚笨等狀況頗爲無奈與失望，但是歷史上有些後代文人對於陶淵明〈責子詩〉抱持不同的觀感，如：杜甫〈遣興〉五首之三：「陶潛避俗翁，未必能達道。有子賢與愚，何必掛懷抱。」；蘇軾〈和頓教授見寄，用除夜韻〉：「我笑陶淵明，種秫二頃半。婦言既不用，還有責子嘆。」杜甫與蘇軾調侃陶淵明，自己當父親的都未能通達顯赫，何必對孩子做過多的要求呢？況且蘇東坡也自我反省：「人皆養兒望聰明，我被聰明誤一生。」，因此現代父母也不必對孩子過於苛求。而黃庭堅在〈書淵明責子詩後〉也說：「觀淵明之詩，想見其人豈弟慈祥，戲謔可觀也。」認爲陶淵明責子不材以戲謔心態

居多，對於孩子還是充滿慈祥與憐愛。而不論陶淵明對孩子是否無奈或是戲謔，在詩中還是希望孩子能勤快、聰慧、愛詩文，流露出父親對孩子一絲絲的期待。

▌▌協奏曲▌ ◆━━━━━━━━━━━━━━━━━

每個人的生命都是獨特的，個性也往往不同。與人交往應對的過程中，我們的個性往往也展露而出，別人眼中的自己實際上就是個性優缺點的展現。自小到大，我們在父母（或者爺爺奶奶）的教養下成長，我們在父母的眼中，到底是個什麼樣的孩子呢？每個人都喜歡被人讚揚優點，卻很難欣然地接受別人眼中有缺點的自己，甚至是覺得別人對自己有誤解。

由於大部分傳統觀念深厚的父母對孩子的優點總吝於褒揚，卻對孩子的缺點指責歷歷，也造成親子關係的緊張與誤解。因此，本單元所要進行課堂習作，請同學自我反思，在父母眼中的自己的缺點有哪些？若真有這些缺點，你要如何改正？若無，你會向父母表白什麼？

陶淵明「恨鐵不成鋼」的喟嘆
（圖：謝穎怡）

【想對父母說】學習單

【步驟一】 回想一下自己的成長過程，自己在父母親的眼中有哪些缺點？	請將自己在父母眼中的缺點逐一反省寫下來。
【步驟二】 你認同自己在父母眼中有這些缺點嗎？ 1.若有，你要如何改正？ 2.若無，你會向父母表白什麼？	請將自己想對父母說的話寫下來。

▌|迴旋曲|

1. 巴拉克・歐巴馬：〈我們一家的大冒險〉，選自《聯合報》
   （2009.01.16）。
2. 向陽：〈阿爹的飯包〉，《土地的歌：向陽臺語詩選》（臺南：金
   安機構，2002）（向陽詩房朗誦影音（http：//hylim.myweb.hinet.
   net/xiangyang/earth1-3.htm）。
3. 廖玉蕙：〈心疼〉，《不信溫柔喚不回》（臺北：九歌出版社，
   1994）。
4. 黃春明：〈兒子的大玩偶〉（臺北：聯合文學出版社，2009）。
5. 侯孝賢（導演）：〈兒子的大玩偶〉（臺北：中央電影公司，1983
   電影）。
6. 麥克阿瑟：〈為子祈禱文〉，《溫情的擁抱》（臺北：幼獅文化出
   版社，2009）。

（陳鍾琇選編）

一部曲「家庭同心圓」選篇二：
魯迅〈風箏〉

┃奏鳴曲┃

　　北京的冬季，地上還有積雪，灰黑色的禿樹枝丫叉於晴朗的天空中，而遠處有一二風箏浮動，在我是一種驚異和悲哀。

·間奏 1·

人往往會因為睹物思人，而情緒波動。本文作者居住在北平時，無意間看見天空上的「風箏」，而回想起與手足之間的一段往事，心中泛起了驚異與悲哀。

　　故鄉的風箏時節，是春二月，倘聽到沙沙的風輪聲，仰頭便能看見一個淡墨色的蟹風箏或嫩藍色的蜈蚣風箏。還有寂寞的瓦片風箏，沒有風輪，又放得很低，伶仃地顯出憔悴可憐模樣。但此時地上的楊柳已經發芽，早的山桃也多吐蕾，和孩子們的天上的點綴相照應，打成一片春日的溫和。我現在在哪裏呢？四面都還是嚴冬的肅殺，而久經訣別的故鄉的久經逝去的春天，卻就在這天空中蕩漾了。

•間奏2•

二月的春天，常常是故鄉放著各式各樣風箏的好日子，無論是高飛在天空上，或是飛不高的風箏，地面上的孩子總是開心地玩，並和春日溫暖氣氛融在一起。但作者話鋒一轉，卻問自己「我現在在哪裏呢？」恰似深深呼喚著隱藏在自己內心深處過往驚異和悲哀的情感。

但我是向來不愛放風箏的，不但不愛，並且嫌惡他，因為我以為這是沒出息孩子所做的玩藝。和我相反的是我的小兄弟，他那時大概十歲內外罷，多病，瘦得不堪，然而最喜歡風箏，自己買不起，我又不許做，他只得張著小嘴，呆看著空中出神，有時至於小半日。遠處的蟹風箏突然落下來了，他驚呼；兩個瓦片風箏的纏繞解開了，他高興得跳躍。他的這些，在我看來都是笑柄，可鄙的。

•間奏3•

作者過往驚異和悲哀的情感，原來是「風箏」惹的禍事。因為，童年的自己認為這玩藝兒，是沒出息孩子愛玩的東西。甚至，看到多病、瘦弱的弟弟常常呆望風箏、驚呼風箏、喜愛風箏，而對他心生鄙視。

有一天，我忽然想起，似乎多日不很看見他了，但記得曾見他在後園拾枯竹。我恍然大悟似的，便跑向少有人去的一間堆積雜物的小屋去，推開門，果然就在塵封的雜物堆中發現了他。他向著大方凳，坐在小凳上；便很驚惶站了起來，失了色瑟縮著。大方凳旁靠著一個

蝴蝶風箏的竹骨，還沒有糊上紙，凳上是一對做眼睛用的小風輪，正用紅紙條裝飾著，將要完工了。我在破獲祕密的滿足中，又很憤怒他的瞞了我的眼睛，這樣苦心孤詣地來偷做沒出息孩子的玩藝。我即刻伸手折斷了蝴蝶的一支翅骨，又將風輪擲在地下，踏扁了。論長幼，論力氣，他是都敵不過我的，我當然得到完全的勝利，於是傲然走出，留他絕望地站在小屋裡。後來他怎樣，我不知道，也沒有留心。

•間奏 4•

過往驚異和悲哀的情感，原來是發現弟弟偷偷製作風箏。此段詳實陳述自己如何憤怒地毀壞弟弟即將製作完成的風箏，更大膽講出自己如何仗著是兄長身分，以大欺小的想法。直到今天，作者心中泛起當時的往事，心情是悔恨，已無法追回當下未留心至親手足沒了「風箏」的感傷。

　　然而我的懲罰終於輪到了，在我們離別得很久之後，我已經是中年。我不幸偶爾看了一本外國的講論兒童的書，才知道遊戲是兒童最正當的行為，玩具是兒童的天使。於是二十年來毫不憶及的幼小時候對於精神的虐殺的這一幕，忽地在眼前展開，而我的心也彷彿同時變了鉛塊，很重很重的墮下去了。

　　但心又不竟墮下去而至於斷絕，他只是很重很重地墮著，墮著。

•間奏 5•

記述憤怒毀壞弟弟即將製作完成的風箏，在中年時卻受到良心上的譴責。觸發作者回憶起對兄弟「精神虐殺」的事件，是透過閱讀到西方兒童書籍，了解到原來遊戲、玩具都是兒童最開心的事情。心情沉重，來自於弟弟喜愛的風箏，而風箏在天空中隨風輕鬆浮動著，作者心中卻深深地像鉛重般折磨著。

我也知道補過的方法的：送他風箏，贊成他放，勸他放，我和他一同放。我們嚷著，跑著，笑著。——然而他其時已經和我一樣，早已有了鬍子了。

我也知道還有一個補過的方法的：去討他的寬恕，等他說，「我可是毫不怪你呵。」那麼，我的心一定就輕鬆了，這確是一個可行的方法。有一回，我們會面的時候，是臉上都已添刻了許多「生」的辛苦的條紋，而我的心很沉重。我們漸漸談起兒時的舊事來，我便敘述到這一節，自說少年時代的胡塗。「我可是毫不怪你呵。」我想，他要說了，我即刻便受了寬恕，我的心從此也寬鬆了罷。

「有過這樣的事麼？」他驚異地笑著說，就像旁聽著別人的故事一樣。他什麼也不記得了。

全然忘卻，毫無怨恨，又有什麼寬恕之可言呢？無怨的恕，說謊罷了。

我還能希求什麼呢？我的心只得沉重著。

·間奏 6·

這段是試想補過的方法。作者從設想到實際，藉由與弟弟聊起小時候破壞「風箏」的事件，希望求得寬恕之後，愧疚不必永存心中。但是，弟弟一句「有過這樣的事麼？」一種補過不成的失落感，讓作者心中的罪惡感愈加沉重。

現在，故鄉的春天又在這異地的空中了，既給我久經逝去的兒時的回憶，而一併也帶著無可把握的悲哀。我倒不如躲到肅殺的嚴冬中去罷，——但是，四面又明明是嚴冬，正給我非常的寒威和冷氣。

一九二五年一月二十四日

·間奏 7·

從回憶再度返回現實生活中，抒發兒時不懂事，毀壞至親手足最摯愛的玩具「風箏」，這份濃濃的哀愁，已如同寒冷的嚴冬，益發覺得悲涼。

——本文選自魯迅：《魯迅作品全集3．野草》（臺北：風雲時代出版，2004）。

▌▌主旋律▌ ·❖·─────

　　魯迅（1881～1936），浙江紹興人。原名周樟壽，1898年改爲周樹人。1918年，以「魯迅」爲筆名，在《新青年》上用白話文創作短篇小說《狂人日記》，聞名一時。1921年，發表中篇小說《阿Q正傳》，奠定現代小說家崇高的地位。其小說作品，往往投射反封建、

反傳統的哲學思想，並善於描寫人物的言語、心理和行為，風格多半呈現出幽默灑脫的面貌。同時，魯迅除是20世紀中國小說、散文、詩歌等著名作家之外，也是新文化運動推動者。

〈風箏〉最早發表於1925年2月1日《語絲周刊》第12期，是一篇回憶性的文學作品，後收入魯迅散文集《野草》。作者透過記述毀壞弟弟風箏的童年往事，表達了自己懊悔的心情。甚至，藉著閱讀到西方講論兒童的書籍，反思生長在中國社會中，五倫的兄弟親情，以及長幼尊卑的觀念。這部分的書寫，是本文最重要的主旨。這件精神虐殺式毀壞弟弟童年玩具「風箏」的憾事，在作者心中，一直是揮之不去的沉重陰影。

▌▏協奏曲▕ ∙⊱────

你整理過家中的舊照片嗎？父母、長輩或兄弟姊妹小時候的照片，哪些讓你看到就有說不完的故事呢？讓我們一起翻箱倒櫃，將過去與家人的共同回憶重新回味一番。

請每位同學提供1-2張父母長輩、兄弟手足的照片電子檔（合照或獨照皆可），以年代久遠者為佳，並上臺與大家分享照片中的故事。再請每位同學順著記憶的長廊，在學習單中寫下屬於你的感動記憶。

【照片的記憶長廊】學習單

【家中長輩的年輕印記】 請以家中長輩爲主角，訴說一段關於這位長輩年輕時風光或波折的故事。	
【兄弟姊妹間的秘密心事】 請寫下你與兄弟姊妹間曾經擦槍走火或同甘共苦的一段回憶。如果是獨生子女者，可分享自己的眞實心情，或對於手足的想像畫面。	

▌▌迴旋曲▐ ◦·

1. 廖玉蕙：〈陪你一起找羅馬〉，原載《中國時報‧人間副刊》
   （2005.1.30）。
2. 陳芳明：〈霧是我的女兒〉，《時間長巷》（臺北：聯合文學，
   2008）。
3. 龍應台：《親愛的安德烈：兩代共讀的36封家書》（臺北：天下雜
   誌出版社，2007）。
4. 傅雷：《傅雷家書》（臺北：聯經出版社，1990）。
5. 蕭颯：《我兒漢生》（DVD）（臺北：中央電影公司，1986）。

（薛雅文、陳憲仁、王惠鈴選編）

芽葉生命的初始與繁華（圖：陳鍾琇攝）

「友情心電圖」

人海茫茫，過客匆匆，知音可遇不可求，即使受傷，仍要尋尋覓覓！

每個人從小除了家人，隨著年齡增長，逐漸遇到同儕，開拓不同的視野，但也因此延伸出聚散離合的課題，期許同學從中培養生命之思維深度。所選的篇章有：

列子〈伯牙撫琴〉，知音是另一個自己，欣賞他的美好、解讀他的心事，竟是如此自然而然之事，沒有半點勉強之意，有這樣的友情，人生夫復何求？

嵇康〈與山巨源絕交書〉，表面上欲與多年好友山濤決絕，細讀之下，可知嵇康對山濤並未真正而徹底的決裂，反而在文中隱微透露出對於友情之包容與諒解的期待。

二部曲「友情心電圖」選篇一：
列子〈伯牙撫琴〉

▌奏鳴曲▌

伯牙善鼓琴，鍾子期善聽。

•間奏 1•

伯牙，姓伯，名牙，春秋時代楚國郢都（今湖北荊州）人，明末馮夢龍作「俞伯牙」爲口音訛誤。伯牙雖爲楚人，卻擔任晉國上大夫，爲當時知名的七弦琴琴師，但曲高和寡。此爲民間口頭流傳的故事，發生在他在回楚國探親途中。鍾子期，名徽，字子期，春秋楚國（今湖北武漢漢陽）人。相傳他是戴斗笠、披蓑衣、拿板斧的樵夫，其墓址位於今湖北省武漢市蔡甸區新農鎭馬鞍山南鳳凰嘴上。

伯牙鼓琴，志在登高山，鍾子期曰：「善哉！峨峨兮，若泰山。」志
在流水，鍾子期曰：「善哉！洋洋兮，若江河。」伯牙所念，鍾子期
必得之。

‧間奏 2‧

此為成語「高山流水」、「流水高山」的由來，原指樂曲的高
妙，後比喻知音難遇。素不相識、身分地位相差懸的兩個人，因
為音樂的交流而靈魂相遇，伯牙音樂造詣精深，但曲高和寡，然
而當他用琴音表達攀登高山、浩蕩流水時，初次相遇的鍾子期卻
能立刻感應，完全命中，彷彿是另一個伯牙的心靈頻率。

伯牙游於泰山之陰，卒逢暴雨，止於巖下，心悲，乃援琴而鼓之，初
為霖雨之操，更造崩山之音。曲每奏，鍾子期輒窮其趣。

‧間奏 3‧

後來伯牙與鍾子期成為不在乎身分地位的好朋友，相約出遊，在
泰山北麓遇到突如其來的暴雨，兩人在山壁下躲雨。也許是上天
的安排，刻意再次考驗這對朋友，以確認彼此的獨特性。伯牙心
有所感，演奏了大雨連綿、山崩裂石的曲子，想不到鍾子期完全
懂他，精確猜中他的曲情。這已經不是偶然，而是兩個相同頻率
的心跳一起遇合、千真萬確的事實。

伯牙乃舍琴而嘆曰：「善哉！善哉！子之聽夫。志想象猶吾心也。吾於何逃聲哉？」

•間奏 *4*•

伯牙對於鍾子期真的懂他這件事毫無疑惑，再也不需彼此保留、掩飾，伯牙對鍾子期說：「你心裡所想的，就是我心裡所想的，在樂音中，真正的我們是無從遁逃的。」人生能真的遇到懂自己的人實在是奇蹟！有時相遇，卻不知把握、擦身而過，有時終其一生不曾來到身邊、尋尋覓覓，難怪伯牙在鍾子期過世後，摔琴絕弦以謝知音。

──本文選自《列子‧湯問》，蕭登福：《列子古注今譯》（臺北：文津出版社，1990）。

■|主旋律| ❖━━━━━━━━━━━━━

　　列子，姓列，名禦寇，戰國時期鄭國莆田（今河南省鄭州市）
人，年代晚於孔子，早於莊子，約與鄭繆公同時，爲原始道家代表人
物之一，在道教被封爲「沖虛眞人」。列子隱居鄭國40年，其思想本
於老子自然無爲之道，循名責實，清靜沖虛，今存《列子》8篇，其
中共記載134則寓言故事、神話傳說，例如〈黃帝神遊〉、〈愚公移
山〉、〈夸父追日〉、〈杞人憂天〉……等，足以與古希臘的《伊索
寓言》相媲美，其書在道教中又名《沖虛經》，由東晉人張湛輯錄
增補而成。列子生平事蹟不詳，但莊子曾在〈逍遙遊〉中說道「列子
御風而行」一事，意謂就道家最高境界「無待」而言，列子仍爲「有
待」之境。

　　本文選自《列子》之〈湯問〉篇，此爲民間傳說故事，此處記載
爲文獻上首見，可視爲故事原貌，類似的故事版本亦可見於《呂氏春
秋》之〈本味〉篇、《荀子》之〈勸學〉篇，另外，明末馮夢龍《警
世通言》之〈俞伯牙摔琴謝知音〉、京劇〈伯牙碎琴〉皆有更爲戲劇
化的改編版本，深受民眾喜愛，亦可參照欣賞。本文所說伯牙與鍾子
期這對超級好朋友的相知過程，有以下特點，身分懸殊、互不相識的
兩個人內心不設防，可以跨越外在的表象虛飾，單純用心靈相通，透
過三番兩次地確認無誤，終於在音樂藝術的最高境界中，找到彼此和
眞我，靈魂從此安定、不再漂泊，這是世間追求友誼境界的極致和幸
運。

▌▌協奏曲▕ ❖━━━━━━━━━━━━━━━━━━━━━━━

　　人生知音難遇，人海茫茫，身邊過客匆匆，終其一生仍尋尋覓覓，有時知音已來到身邊，但因為無謂的矜持，心房無法敞開，錯過了彼此相知的機遇，不管錯過與否，總是來不及把真心話對他說。

　　請同學回憶過去各個階段的朋友中，目前仍讓你念念不忘的幾位，分別幫他們取個「綽號」，也許這幾位是你所感謝的、你所抱歉的、你所痛恨的、你所遺憾的，請把你們之間的故事說明一下，並把現在想對他們訴說的心裡話，在這份作業中表達。

與另一個自己的相遇，就像以同一種素材為基底，過境千帆，終於看穿表象的偽裝，而透視到內在相同的心跳與靈魂，其實是一為二，二為一的。（圖：潘坤松）

【友情大會串：「我想對你說」】學習單	
【步驟一】 「謝謝你曾經來到我的生命中」 找出一位你想感謝的朋友（取綽號），附一張他的照片，手繪也可以，寫下你想對他表達的感恩之意。	【我想對你說】
【步驟二】 「請你不要太得意」 找出一位你較爲看不慣的朋友（取綽號），附一張他的照片，手繪也可以，寫下你想對他表達的不滿之意。	【我想對你說】

▌▌迴旋曲 ▌ ⦂⸺

1. 馮夢龍：〈俞伯牙摔琴謝知音〉，《警世通言》（臺北：三民，
2008）。

2. 陳凱歌（導演）：《和你在一起》（臺北：大來影業公司，2004電
影）。

3. 司馬遷：〈管鮑之交〉，《史記‧管晏列傳》，韓兆琦《新譯史記
讀本》（臺北：三民，2008）。

4. 廖輝英等著：《友情之書》（臺北：林白出版社，1989）。

5. 林野：〈舞臺：談友情〉，唐捐、向陽編著《中華現代文學大系‧
詩卷》（臺北：九歌，2003）。

（王惠鈴選編）

列子「御風而行」，追求心靈自由。（圖：謝穎怡）

二部曲「友情心電圖」選篇二：
嵇康〈與山巨源絕交書〉

■┃奏鳴曲┃•⫶

　　康白：足下[1]昔稱吾于潁川[2]，吾常[3]謂之知言[4]。然經怪此意，尚未熟悉於足下，何從便得之也。前年從河東還，顯宗[5]、阿都[6]說足下議以吾自代，事雖不行[7]，知足下故不知之。足下傍通[8]，多可而少怪。吾直性狹中，多所不堪[9]，偶與足下相知耳。間聞足下遷[10]，惕然[11]不喜。恐足下羞庖人之獨割，引尸祝以自助[12]；手薦鸞刀[13]，漫之羶腥。故具爲足下陳其可否。

1　足下：書信中常用的敬語，此處指稱山濤（205-283），字巨源，竹林七賢之一。
2　潁川：此處指山濤的族父山嶔，曾任潁川太守。
3　常：即「嘗」，曾經。
4　知言：明白己意之言論，即知己之言。
5　顯宗：公孫崇，字顯宗，曾爲尙書郎，與嵇康私交甚篤。
6　阿都：呂安，字仲悌，小名阿都，與嵇康私交甚篤。
7　不行：不成。
8　傍通：博通，此處善於靈活應變。
9　不堪：堪，忍受。不堪，無法忍受。
10　遷：升官。山濤由吏部郎升遷爲大將軍從事中郎。
11　惕然：憂慮恐懼的樣子。
12　羞庖人……以自助：此處化用「越俎代庖」的典故，意謂越權代職，替人代言。庖人：廚師。庖，音ㄆㄠˊ。尸祝：尸，古代代表死者受祭的活人，或受祭之神主、神像。祝，祭祀儀式的主祭人。
13　鸞刀：屠宰用的刀。鸞，刀柄上的裝飾鈴。

·間奏 *1*·

嵇康以書信表達拒絕山濤推官讓爵，薦推自己為官，字裡行間皆見嵇康對於司馬氏政權的排斥，因此才說山濤終究不明白自己的心意，並非知己之人。其實據《晉書·嵇康傳》中對於嵇康與山濤的交遊描述，兩人的情誼甚篤，嵇康遇害後甚至將兒子託付給山濤。山濤向來善於應變，初雖未仕，但後來選擇了「識時務者為俊傑」，其舉薦嵇康是為了緩和司馬昭對嵇康的疑慮；而嵇康自認心地狹小、許多事不能忍受，他的決絕不仕便是對當時官場黑暗與世俗禮教的強烈抨擊，因此這封信表面上雖是針對山濤而發，但是實際上要「絕交」的對象是司馬氏集團。

　　吾昔讀書，得並介之人[14]；或謂無之，今乃信其真有耳。性有所不堪，真不可強。今空語同知有達人無所不堪，外不殊俗[15]，而內不失正；與一世同其波流，而悔吝不生耳。老子、莊周，吾之師也，親居賤職。柳下惠[16]、東方朔[17]，達人也，安乎卑位。吾豈敢短[18]之哉！又仲尼兼愛，不羞執鞭；子文[19]無欲卿相，而三登令尹；是乃君

14　並介之人：並，兼善之意。介，狷介耿直。意指能兼善天下又能保有耿直之性的人。

15　外不殊俗：與世俗無異。

16　柳下惠：即展禽，名獲，字季，春秋時魯國大夫，食邑在柳下，卒謚「惠」，後人因稱之。曾擔任掌管刑獄的官，被罷職三次，旁人勸他往別國去尋求發展，他仍堅持「直道事人」之原則，不肯離去。

17　東方朔：西漢武帝時官至太中大夫。性幽默，善辭賦。

18　短：此處作動詞用，評議、輕視之意。

19　子文：楚成王時任令尹。令尹之職相當於宰相。子文沒有任官的欲望，而三登令尹高位，幾次被罷免又被任命。

子思濟物之意也。所謂達能兼善而不渝，窮則自得而無悶。

‧間奏 2‧

在生活經驗裡，我們時常處於抉擇的當口，而如何明智的抉擇，除了考驗我們的智慧，卻也是實現自我生命的重要過程。嵇康選擇以老、莊為師，認同柳下惠、東方朔之流，亦肯定孔子、子文之行，這些人都是順其本性、不隨物遷的古時聖賢達人。山濤選擇出仕，自認可以成為兼善天下又性直耿介之人；嵇康則自剖其本性，直陳自己無法在世俗隨波逐流而毫不悔恨。

以此觀之，故堯舜之君世[20]，許由之巖栖[21]，子房[22]之佐漢，接輿[23]之行歌，其揆[24]一也。仰瞻數君，可謂能遂其志者也。故君子百行，殊塗而同致。循性而動，各附所安。故有「處朝廷而不出，入山林而不反」之論。且延陵高子臧之風[25]，長卿慕相如之節[26]。志氣所託，不可奪也。

---

20 君世：在世為君。

21 巖栖：隱居於山巖之間。栖，同「棲」，居住，音くㄧ。

22 子房：張良，字子房，曾輔佐劉邦統一天下。

23 接輿：春秋時楚國的隱士，曾在孔子的車旁以歌謠諷勸其歸隱。

24 揆：法度、原則。

25 延陵高子臧之風：季札崇尚子臧之行為風範。延陵，名季札，春秋時吳國公子。子臧，曹國公子。西元前578年，曹宣公死，諸侯要立子臧，子臧因非本分，離國而去。西元前559年吳國要立季札，季札不允，並引子臧之例以明己志。

26 長卿慕相如之節：司馬相如傾慕藺相如的高風亮節。司馬相如，字長卿，西漢辭賦家，幼名「犬子」，因慕藺相如之為人，後遂更名「相如」。

•間奏3•

古之聖君達人，如堯、舜、許由、張良等，有的從政在朝、有的隱居在野，表現在外的行為雖不同，但皆依本性而行，各得其所。性格自由不羈之人，若勉強其在朝行禮如儀，自是痛苦萬分；心遊魏闕者，若要其乘浮桴於海，無事淡薄，當然也是另一種委屈。嵇康傲世不羈，性格峻切，評議時事多與他人政見互異，雖不免因此得罪權貴，終至獲罪，但他終其一生堅持不違自己的本性、不悖離其所信仰的志向氣節，自是難能可貴。因此，若能明白自己的本性，隨順而行，不管在朝或在野，皆是自我生命的立體實現。

　　吾每讀尚子平[27]、臺孝威[28]傳，慨然慕之，想其為人。少加孤露[29]，母兄見驕[30]，不涉經學。性復疏嬾[31]，筋駑肉緩[32]。頭面常一月十五日不洗。不大悶癢，不能沐也。每常小便而忍不起，令胞[33]中略轉乃起耳。又縱逸來久，情意傲散，簡與禮相背，嬾與慢相成。

<hr>

27　尚子平：名向長，字子平，西漢、東漢間人，熟悉道術，於家中潛隱，不仕王莽，安貧樂道，雲遊五岳名山，不知所終。

28　臺孝威：東漢隱士，隱於武安山中，居於自鑿之穴，採藥自給，與世無爭。

29　孤露：孤，幼年喪父；露，體質孱弱。

30　見驕：備受驕愛。

31　疏嬾：「嬾」，同「懶」。疏放懶惰。

32　筋駑肉緩：筋骨遲鈍、肌肉鬆弛。駑，原指劣馬，此指人的筋骨活動遲鈍。

33　胞：本指初生嬰兒之胎衣，此指膀胱。

而爲儕類見寬，不攻其過。又讀莊老，重增其放[34]，故使榮進之心日頹，任實之情轉篤。此由禽鹿少見馴育，則服從教制；長而見羈，則狂顧頓纓[35]，赴蹈湯火。雖飾以金鑣[36]，饗以嘉肴，愈思長林，而志在豐草也。

‧間奏 4‧

嵇康的處世原則是：「任眞」、「任實」、「任自然」，因此自言從小疏懶成性，不喜世俗的束縛與羈絆，加之以道家思想的影響，致使他更無意榮進，轉而將己心向天地、純眞開放。由嵇康自述，也可見魏晉士人自我意識覺醒，無畏世人眼光，蓬頭垢面以與傳統禮教服儀有別的特殊文化現象。

阮嗣宗[37]口不論人過，吾每師之，而未能及。至性過人，與物無傷，唯飲酒過差[38]耳。至爲禮法之士所繩，疾之如讎[39]，幸賴大將軍保持之耳。吾不如嗣宗之賢，而有慢弛之闕[40]。又不識人情，闇[41]於

---

34 放：放任、放達。

35 狂顧頓纓：瘋狂四顧，亂蹦亂跳掙脫羈繩。纓，帽帶，此處指拴鹿的羈繩。

36 金鑣：華麗的馬籠頭。鑣，馬籠頭，音ㄅㄧㄠ。

37 阮嗣宗：即阮籍，字嗣宗，與嵇康齊名。阮籍亦爲竹林七賢之一，從不以言語臧否人物。

38 過差：過失、差錯。

39 讎：同「仇」。

40 慢弛之闕：傲慢、態度鬆散的過失。慢，傲慢；弛：鬆散、懶散；闕，缺失。

41 闇：同「暗」，不明。

機宜，無萬石[42]之慎，而有好盡之累[43]。久與事接，疵釁日興[44]。雖欲無患，其可得乎？

·間奏 5·

魏晉是一個紛亂的時代，士人多數動輒得咎，如阮籍這般天性純厚、口不臧否人物者，尚且被禮法之士視之為寇讎，何況性直剛烈的嵇康呢？嵇康此文前半部細述個人性格與官場格格不入之處，於此再次表明自己行事傲慢、不懂禮法，又不識人情，一旦進入官場，勢必挑起許多無謂的事端。欲求自保，如何可得？全文至此，其實已可見嵇康書寫此信之關鍵，表面上以文字傳達對於山濤舉薦自己的不滿，欲與其絕交，實際上卻仍維護兩人情誼，暗諷在朝之人為爭權奪名，滿腹機宜。

又人倫有禮，朝廷有法；自惟至熟[45]，有必不堪者七，甚不可者二。臥喜晚起，而當關呼之不置[46]；一不堪也。抱琴行吟，弋釣[47]草野，而吏卒守之，不得妄動；二不堪也。危坐一時，痺不得搖，性復多蝨，把搔[48]無已；而當裹以章服，揖拜上官；三不堪也。素不便書[49]，

---

42 萬石：萬石君，即石奮。漢文帝時曾擔任太中大夫、太子太傅。萬石君處世恭謹無比，以為人馴行、行事謹慎名於當世。

43 好盡之累：直言不拘，而不知顧忌之過失。好，喜愛。盡，直言極盡。

44 疵釁日興：過失、挑釁他人之事時常發生。疵，過失，音ㄘ；釁，挑起事端。

45 自惟至熟：自己深思熟慮。惟，思也；熟，熟爛。

46 當關呼之不置：守門的差役呼喊不止。當關，守門的差役；不置，不止。

47 弋釣：用箭射鳥、釣魚。弋，將繩綁在箭上射，音ㄧˋ。

48 把搔：用手抓癢。

49 素不便書：向來不習慣書寫信札。便，習於。

又不喜作書；而人間多事，堆案盈机。不相酬答，則犯教傷義；欲自勉強，則不能久；四不堪也。不喜弔喪，而人道以此爲重，已爲未見恕者所怨，至欲見中傷者：雖瞿然[50]自責，然性不可化，欲降心[51]順俗，則詭故不情[52]，亦終不能獲「無咎無譽」，如此五不堪也。不喜俗人，而當與之共事，或賓客盈坐，鳴聲聒[53]耳。塵囂臭處[54]，千變百伎[55]，在人目前；六不堪也。心不耐煩，而官事鞅掌[56]。機務纏其心，世故繁其慮；七不堪也。

・間奏 6・

每個人與生俱來的質性均不同，自有個人難以忍受之事。嵇康列舉自己出仕所不能忍受的七件事，表明自己不適合出仕的理由，期待山濤可以理解。若嵇康眞欲與山濤絕裂，自不會細述這許多，因此嵇康心裡或許還是期盼山濤可以諒解自己的心意與無可奈何。在決絕的文字中，仍可見嵇康對於友情的看重。嵇康以此書信表明自己的心跡，時至今日，當我們備受勉強時，又如何對至親好友表達自己內心眞正的想法呢？是否僅有惡言相向、怒目相對一途？抑或可如嵇康此文，在決絕中仍不失情誼，堅毅中亦可見個人情志的豁達。

---

50 瞿然：戒愼恐懼的樣子。瞿，即「懼」。

51 降心：壓抑自己的心意，意即勉強自己。

52 詭故不情：違我本有之心意，非我本心之實。詭，違背；故，本有之心意；情，實。

53 聒：喧鬧、嘈雜。

54 塵囂臭處：塵囂穢臭之處。

55 千變百伎：各種花招伎倆不斷變化。

56 鞅掌：忙亂紛擾的樣子，出於《詩・小雅・北山》：「或棲遲偃仰，或王室鞅掌。」鞅掌，失容也。

又每非湯、武，而薄[57]周、孔；在人間[58]不止此事，會顯[59]世教所不容；此甚不可一也。剛腸嫉惡，輕肆直言，遇事便發；此甚不可二也。以促中小心之性[60]，統此九患，不有外難，當有內病，寧可久處人間邪？

•間奏7•

除了無法忍受的七件事，嵇康又點出了自己不見容於世俗的「二不可」，一是好發薄鄙聖人的議論；另一則是嫉惡如仇、遇事便發的剛烈性格，由此總論自己無法出仕的真正原因。此種書寫模式，仍是期待好友山濤能夠體貼諒解，並將自己的生命態度與不願屈從的立場如實傳達。

又聞道士遺言，餌朮黃精[61]，令人久壽，意甚信之。遊山澤，觀魚鳥，心甚樂之。一行作吏，此事便廢，安能舍其所樂，而從其所懼哉！

---

57 薄：薄鄙。

58 人間：此處指出仕而言。

59 會顯：恰好顯示。會，恰好。顯：顯示。

60 促中小心之性：指自己心胸狹隘的本性。中，即「衷」。

61 餌朮黃精：餌朮，服藥養身，修仙學道。朮，音ㄓㄨˊ。黃精，藥材名，百合科黃精屬，多年生草本，葉似百合，花為白色或淡綠色，果實黑，根管狀，根與莖皆可入藥，具補脾潤肺的療效。

•間奏 *8*•

嵇康同時還相信道士養生長壽之術，平日服藥養身，修仙學道，閒暇遊山玩水，觀賞魚鳥。若是答應了做官，公務繁重便要犧牲上述的養生之道，自己很確信不會讓生活陷入不快樂中。

夫人之相知，貴識其天性，因而濟之。禹不偪[62]伯成子高，全其節也；仲尼不假蓋[63]於子夏，獲其短也；近諸葛孔明不偪元直以入蜀；華子魚不強幼安以卿相；此可謂能相終始，真相知者也。

•間奏 *9*•

知心之交，貴在瞭解彼此的天性，成全彼此的天性。歷史上的知心之交，例如夏禹不逼迫伯成子高一定要做諸侯，是為了要成全伯成子高的氣節，孔子不向子夏借雨傘，是為了不暴露子夏的短處，諸葛亮不強迫徐庶非到蜀國不可，華歆不勉強管寧出來做大官。這些人對好朋友的瞭解和愛護能始終如一，世間少見。

足下見直木必不可以為輪，曲者不可以為桷[64]，蓋不欲枉其天才，令得其所也。故四民有業，各以得志為樂，唯達者為能通之，此足下度內耳。不可自見好章甫[65]，強越人以文冕也；己嗜臭腐，養鴛

---

62 偪：音義同「逼」，逼迫。

63 假蓋：假，借。蓋，雨傘。

64 桷：方形的屋椽屋椽。音ㄐㄩㄝˊ。

65 章甫：一種古代的禮冠，以黑布製成。

雛[66]以死鼠也。

・間奏10・

嵇康進一步比喻，一般人見到一塊挺直的木頭，一定不會用它做車輪，見到一塊彎曲的木頭，一定不會用它做屋椽，這是因為順著物的本性，使各得其所。以此類推，士農工商各有其專業本分，都是以能符合自己的性向為依歸，強求不來。不能自己見到一頂漂亮的好帽子，就要強迫不習慣戴帽子的越人也要戴上它，或者自己喜歡吃軟爛的肉，就用軟爛的鼠肉來餵養鵷雛吧！

吾頃[67]學養生之術，方外榮華，去滋味，游心於寂寞，以無為為貴。縱無九患，尚不顧足下所好者。又有心悶疾，頃轉增篤，私意自試，不能堪其所不樂。自卜已審，若道盡途窮則已耳，足下無事冤之，令轉於溝壑[68]也。

・間奏11・

嵇康說明此刻剛學養生之術，正在努力置身於榮華富貴之外，不飲酒食肉，清淨淡泊，想要通達寂寞無為之境。即使沒有上述的「九患」（七不堪、二不可），我的現況也不會理睬世俗的名

---

66 鵷雛：傳說中像鳳凰一類的鳥。典出《莊子・秋水》：惠子當上梁國宰相，唯恐莊子來搶奪相位，便在國中搜索莊子，於是莊子主動見惠子，並告訴他：「南方有鳥，其名為鵷雛，……非梧桐不止，非練實不食，非醴泉不飲。於是鴟（貓頭鷹，音彳）得腐鼠，鵷雛過之，仰而視之，曰：『嚇！』」

67 頃：剛剛。

68 轉於溝壑：輾轉死於水溝、山谷。

利。何況我患有心悶疾病，病情加重中，我很清楚自己要聽從心
裡的聲音，如果硬要相逼，我會加速死亡。

吾新失母兄之歡，意常悽切。女年十三，男年八歲，未及成人，況復
多病。顧此恨恨[69]，如何可言！今但願守陋巷，教養子孫，時與親舊
敘闊，陳說平生，濁酒一杯，彈琴一曲，志願畢矣。

● 間 奏 *12* ●

「家家有本難念的經」，嵇康說到，我的胞兄剛過世，讓我心情
常感淒涼，女兒今年十三，兒子剛剛八歲，都未達到成人的年
齡，況且我還多病。令人惆悵的事情，說也說不完！現在只求與
家人相守，教養子孫，談天說地，敘說自己的回憶點滴，喝上濁
酒一杯，彈上清琴一曲，就是我最大的幸福和滿足了。

足下若嬲[70]之不置，不過欲爲官得人，以益時用耳。足下舊知吾潦倒
麤疏[71]，不切事情，自惟亦皆不如今日之賢能也。若以俗人皆喜榮
華，獨能離之，以此爲快，此最近之可得言耳。然使長才廣度，無所
不淹[72]，而能不營，乃可貴耳。

---

69 恨恨：惆悵。音ㄌㄧㄤˋㄌㄧㄤˋ。

70 嬲：擾亂、糾纏。音ㄋㄧㄠˇ。

71 麤疏：粗淺、疏陋。麤，音ㄘㄨ。

72 淹：深入、精通。

•間奏13•

如果你非纏住我不放，只爲了替司馬氏找適當做官的人選，而你也早知道我是放任散漫，不屑世故之人，絕不是所謂當官的料，那眞的是太強人所難。如果你深知榮華富貴誘惑不了我，最能用同理心替我著想的話，那就是最懂我的朋友了。一個人若能才高慮遠，無所不通，又能看破名利，那才是可貴的。

若吾多病困，欲離事自全，以保餘年，此眞所乏耳，豈可見黃門[73]而稱貞哉？若趣欲共登王途，期於相致，時爲歡益，一旦迫之，必發其狂疾，自非重怨，不至於此也。

•間奏14•

我因爲多病，想清心寡慾，以保全自己的餘年，這種不求榮華的理由說明了，我眞是一個沒有才能的人罷了。像我這種人，加上了官位的頭銜，也不會有什麼具體的表現。假如硬要強迫我與你一起當官，才能證明友誼、稱心愉快的話，我一定會發瘋。如果不是對我有深仇大恨的話，應該是不會把我逼到這步田地的。

野人有快炙背[74]而美芹子[75]者，欲獻之至尊，雖有區區之意，亦已疏矣。願足下勿似之。其意如此，既以解足下，並以爲別。嵇康白。

---

73 黃門：指宦官。東漢時黃門令、中黃門等官職均由宦官擔任，故稱宦官爲「黃門」。

74 炙背：曬背，使自己溫暖。

75 芹子：芹菜，一般人對芹菜的食用接受度不高，覺得難吃又易產生腹痛。

•間奏15•

鄉野之人喜歡用太陽曬背取暖，並發自善意的「野人獻芹」，雖然這兩件事含有微小而誠懇的心意，但總歸是強人所難。希望你不要像這種人，我的心意已決，寫這封信向你解釋，並且告別我們過去曾經相知的友誼！

——本文選自戴明揚校注：《嵇康集校注》（臺北：河洛圖書出版社，1978）。

▌主旋律▐ •——

　　嵇康（224～263），字叔夜，三國魏譙郡銍（今安徽省濉溪縣）人，是著名的文學家、思想家、音樂家。曾官拜曹魏中散大夫，故後世又稱「嵇中散」。嵇康是「竹林七賢」中的領袖人物，和阮籍齊名，同為魏末文學界與思想界的代表人物，並稱「嵇阮」。嵇康有奇才，遠邁不群，精辨論，善琴酒，可謂一代風流名士。其崇尚老莊道學，另著有〈養生論〉、〈聲無哀樂論〉、〈琴賦〉等文，時常藉文字表達對司馬氏當權的不滿，後因捲入朋友呂安的訴訟而入獄，當時執政的司馬昭忌憚他的影響力，最終在鍾會的構陷下遭處死，年僅四十歲。

　　嵇康撰作此文之動機，是因為好友山濤投靠司馬氏後任吏部尚書，為保全嵇康，故舉薦其出仕，但嵇康執意不願，便寫作〈與山巨源絕交書〉以明個人心志。此文表面上是欲與山濤決絕，實際上是對司馬氏虛偽與不正當統治的批判和抗議。行文中歷述個人在性格與行為態度上不適合與不願出仕之緣由，態度堅毅，但一般絕交書信毋須

如此長篇大論，若細細閱讀此文，便可知嵇康對山濤並未真正而徹底的決裂，反而在文中隱微透露出對於友情之包容與諒解的期待，一片拳拳之心，不失為任真自得的魏晉名士之流。

▌協奏曲 ▏

你身處於友情氾濫的漩渦中，無法自拔嗎？你被友情變相勒索，不敢掙脫嗎？你願意面對自己內心真正的聲音，從友情中撤下自己與他人的假面，從零開始嗎？

為了在友情的陰影中得到釋放和療癒，必須坦誠面對內心真實的聲音。本單元設計「信念覺察」、「宣告接納」兩個步驟，並使用相應的祈願文，讓同學進行友情療癒書寫。請同學在空格中按照句子照抄一遍，將括號中的字句重新填入自己的真實感受，不限字數。（可進一步參考王怡仁：《不藥而癒：身心靈整體健康完全講義》，臺北：賽斯文化，2010年）

人的一生將遇到許多朋友，但有幾個能駐足在生命中呢？
（圖：潘坤松）

【照片的記憶長廊】學習單	
【步驟一】 「信念覺察」： 找出存在已久的 內在衝突	【祈願文】 「一直以來，我的情緒（非常矛盾痛苦），因為我 的想法中，總是不斷出現我所謂的好朋友（在我背 後說我壞話，言不由衷，挑撥離間，腳踏多條船的 噁心嘴臉）。經過覺察，我知道是我的信念中相信 （人心不可信，沒有永遠的朋友，只要一出現誘 惑，友情立刻就變質），而在想法中的畫面，及實 際上發生的實相，正是我的內在想要去經驗的。」
	【習作】
【步驟二】 「宣告接納」： 使用自我宣告， 全然接納所有發 生、安排在我們 身上的所有痛 苦，經由接納， 真正地釋放自 己。	【祈願文】 「經過覺察，我明白自己是在對立（我曾經被朋友 背叛的慘痛經驗）；是的，我就是（那種用責任心 不斷鞭策自己，而不是用單純的熱情在對待朋友） 的人，又因為這樣的性格，我現在（明明討厭一個 人，卻要裝出友好的可笑姿態）；而這樣的問題， 使得我的心情（常常很複雜，痛恨自己的虛偽）。 我全然接納這樣的自己。」
	【習作】

▋|迴旋曲| •❖

1. 尹雪曼：〈友情像初春的冰——給遠在加州的TL〉，《西園書簡》（臺北：皇冠，1972）。

2. 卡勒德·胡賽尼：《追風箏的孩子》（臺北：木馬文化，2005）。

3. 馬克佛斯特（導演）：《追風箏的孩子》（電影）（美國：派拉蒙電影公司，2008）。

4. 謝錦桂毓：《做自己是最深刻的反叛》（臺北：麥田，2010）。

5. 余秋雨：〈關於友情〉，《霜冷長河》（臺北：時報文化，1999）。

6. 余秋雨：〈清理友情〉，《人生風景》（臺北：時報文化，2007）。

（陳靜容、王惠鈴選編）

「緣來就是你」

王子和公主真的能一直過著幸福快樂的生活嗎？如何在遇到另一半後能細水長流呢？

愛情使人成長，也讓人受傷，每位學生對愛情是既期待又怕受傷害，透過閱讀與討論，培養學生開放性的思考，在愛中獲得救贖與療癒。所選的篇章有：

倉央嘉措〈十誡詩〉，如果一切能回到無愛無執，是不是就不會受傷？如果可以看透愛情使人黯然神傷，是不是可以放下這一切？端看六世達賴喇嘛對情關的獨到見解。

班婕妤〈怨歌行〉，愛情中的背叛和遺棄，令人神傷，讓人再也不相信愛情，但如果愛情能說決裂就決裂，那就不會有這麼多曠男怨女了！

三部曲「緣來就是你」選篇一：

倉央嘉措〈十誡詩〉

▌奏鳴曲 ▍•◦───────────

▲1930年於道泉譯本：

‧間奏 1‧

倉央嘉措的詩作爲藏文寫成，1930年藏學家於道泉的漢、英對照本《第六代達賴喇嘛倉央嘉措情歌》第一次將倉央嘉措詩翻譯成藏文以外的文字。

第一最好是不相見，
如此便可不至相戀；
第二最好是不相知，
如此便可不用相思。

▲1939年曾緘譯本：

•間奏2•

1939年，在蒙藏委員會任職的曾緘又將倉央嘉措的詩翻譯成七言絕句。隨後，大陸中央民族學院兩位研究西藏文學史的佟錦華與耿玉芳匯總收集，1981年出版《倉央嘉措情詩與秘傳》詩作124首。

但曾相見便相知，

相見何如不見時。

•間奏3•

「相見何如不見時」為什麼相見還不如不要相遇？因為相戀、相思的苦楚令人坐立難安，患得患失的情思、感情難成的椎心之痛是難以言喻的，或許沒有相見相戀就不會有痛苦了。這種矛盾的心情恰與於道泉譯本「第一最好不相見，如此便可不相戀。第二最好不相知，如此便可不相思。」相呼應。

安得與君相決絕，
免教辛苦作相思。

• 間奏 4 •

電視劇《步步驚心》將「免教辛苦作相思」改寫為「免教生死作相思」，更添「問世間情為何物？直叫人生死相許」的綿綿無盡之情意。試問到底要怎樣才能與你斷絕關係？如何免除情愛的難捨之苦？表面上雖然說要斷絕情愛，但心緒又徬徨難捨，所以才會不知如何是好？正如「明知不該思念他，偏偏為他害相思」一般，這種期待又怕傷害的矛盾情感卻也反映出世人為愛痴狂的心念。

——本詩選自任仲灝：〈第六代達賴喇嘛倉央嘉措情歌全集〉，《倉央嘉措的情與詩》（臺北：廣達文化事業有限公司，2011）。

最好不相見，便可不相戀；最好不相知，便可不相思（圖：謝穎怡）

▌主旋律 ▏◦⊱────────────

倉央嘉措（1683～1706），出生於西藏南部門隅納拉山下宇松地區烏堅林村。倉央嘉措意爲「梵音海」，他是第六世達賴喇嘛。2歲時，倉央嘉措被秘密安置在巴桑寺學習佛法；15歲時，倉央嘉措被選定爲五世達賴的「轉世靈童」，在拉薩布達拉宮舉行坐床典禮，成爲六世達賴喇嘛。1705年，拉藏汗請求康熙帝廢黜倉央嘉措；1706年，康熙帝准奏並下令將倉央嘉措解送北京予以廢黜。1706年冬，倉央嘉措時年僅23歲，傳說他在解送京師的途中行經青海湖湖畔圓寂，一說在青海湖遁去失蹤。

倉央嘉措生性浪漫，流傳不少的情史，曾經寫過許多的詩歌，被世人視爲「情詩」而傳誦，他的詩詞優美，情思猶如從心底深處潛流而出，眞摯而動人，因而被譽爲「西藏最深情的詩人」。倉央嘉措的詩作爲藏文寫成，於道泉、曾緘、劉希武等人曾將多首傳爲倉央嘉措所作的詩歌漢譯。迄於1990年代，倉央嘉措的詩作開始向大眾普及，倉央嘉措在漢文文壇獲得相當的歡迎。

本文選詩摘錄自任佷灝《倉央嘉措的情與詩》，〈十誡詩〉是倉央嘉措頗受推崇的一首情詩，原詩並無詩題，於道泉、曾緘等都標列爲第66首。這首情詩原詩是藏文，於道泉翻譯成現代詩形式，曾緘翻譯成古詩形式。2006年《步步驚心》小說出版，作者桐華引用於道泉的翻譯詩句，電視劇《步步驚心》則將兩譯詩並組爲：「第一最好不相見，如此便可不相戀。第二最好不相知，如此便可不相思。但曾相見便相知，相見何如不見時。安得與君相決絕，免教生死作相思。」。其後，《步步驚心》的讀者皎月清風添加了第三、四句「第三最好不相伴，如此便可不相欠。第四最好不相惜，如此便可不相

憶。」。再其後，白衣悠藍繼續創作，添加了第五至十句「第五最好不相愛，如此便可不相棄。第六最好不相對，如此便可不相會。第七最好不相誤，如此便可不相負。第八最好不相許，如此便可不相續。第九最好不相依，如此便可不相偎。第十最好不相遇，如此便可不相聚。」，因一共十條，被網友冠以〈十誡詩〉之名，於是〈十誡詩〉成為倉央嘉措此詩以及其相關詩作的通稱。這首詩將男女情愛的纏綿之情刻劃得極為動人，那種想愛又怕傷害的心理變化經由短短的詩句直襲人心，因而廣為各地傳頌。

▌▌協奏曲▌ ⬦———

　　愛情讓人有滿滿的幸福感，因為愛而覺得生命是光彩的；然而，愛情也是苦澀的，期待、失落、想念、徬徨不安等複雜心情也令人躊躇難過。倉央嘉措〈十誡詩〉道盡了愛情中的酸甜苦辣，因而提出了不愛不苦的想像之語。然而愛真是痛苦的？到底愛情的滋味如何？請同學手繪或找尋一幅圖畫，試著把你對愛情的認識或想像以圖領文來作書寫，書寫的文體自由，在完成詩作後，請分組進行愛情分享會。

愛情的滋味【愛情圖畫詩文創作】

一、【題目】

　　配合「圖像」，書寫你對愛情的認識或想像（愛情的滋味）。

二、【步驟】

　　1. 愛情圖畫詩文創作前，先回家搜尋或手繪一幅你覺得最能彰顯
　　　 愛情本質的圖像。

　　2. 第一步驟完成後，試著配合你所選或手繪的圖像，書寫你對愛
　　　 情的認識與期待。

　　3. 創作完成後，每組推選2位組員上臺分享愛情圖畫詩文創作，大
　　　 家進行愛情分享會，交流主題：愛情的滋味到底是什麼？

【愛情圖畫詩文創作區】

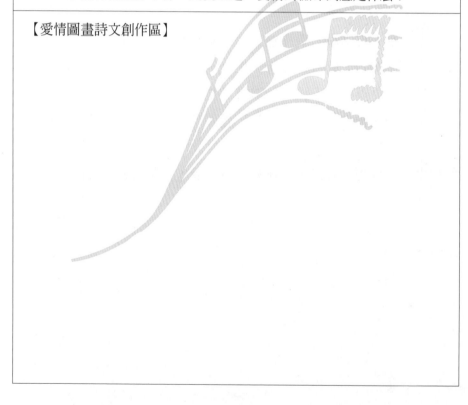

▌迴旋曲▌ ⋯

1. 佚名：〈上邪〉，宋・郭茂倩編撰《樂府詩集》（臺北：里仁，1993）。

2. 蘇軾：〈江城子〉，龍沐勛校箋《東坡樂府箋》（臺北：臺灣商務，1999）。

3. 張錯：〈茶的情詩〉，《錯誤十四行》（臺北：皇冠文化，1994）。

4. 蕭蕭：〈金駿眉〉，《雲水依依：蕭蕭茶詩集》（臺北：釀出版，2012）。

5. 張愛玲：《傾城之戀》（臺北：皇冠文化，1991）。

6. 鍾理和：〈貧賤夫妻〉，《鍾理和全集》（高雄：高雄縣政府，2009）。

（謝瑞隆選編）

在愛情沙漠中，我像變裝的駱駝一樣。（圖：潘俊志）

三部曲「緣來就是你」選篇二：
班婕妤〈怨歌行〉

▌奏鳴曲▌ ·:·────────────

新裂齊紈素[1]，鮮潔如霜雪。

•間奏 *1*•

這二句刻畫紈扇的美好，「新裂」是指剛織成而未使用過，「齊紈素」是最精緻的材質，「鮮潔如霜雪」其外觀色彩如同霜雪般的皎潔，這些形容語彙不正就是描繪一個美好的女子形象。

裁爲合歡扇[2]，團團[3]似明月。

•間奏 *2*•

「合歡」、「明月」的圓滿暗喻了幸福美滿的時光。

───────────────

1　新裂齊紈素：剛從織機上剪裁產自齊國的絲絹。裂，截斷、裁斷；新裂，剛從織機上裁剪下來。紈，精美的絹絲；素，生絹。
2　合歡扇：團扇左右半圓對稱，外形猶如一輪明月，圓形蘊含著團圓、男女歡會之意，所以稱爲「合歡扇」。另一說則是指團扇上繪有或繡有合歡的圖案。
3　團團：形容圓的樣子。

出入君懷袖，動搖微風發；

・間奏3・

「出入君懷袖」，紈扇因為主人所需、所愛，因而與主人形影不離。李善注云：「此謂蒙恩幸之時也。」，此句暗指女子得到君王的寵信。

常恐秋節至，涼飆[4]奪炎熱；

・間奏4・

「秋節」，秋天隱含著蕭瑟的氛圍，感傷離別的哀愁。「涼飆」承續秋節而來，似指君王的新歡，「涼飆」的襲奪，「炎熱」的舊日熾愛之情終究經不起時間的考驗。「涼飆」、「炎熱」都是一語雙關。

---

4 涼飆：亦作「涼風」，指秋風。飆，急風，音ㄅㄧㄠ。

棄捐篋笥中[5]，恩情中道絕。

•間奏5•

團扇被棄置在裝衣物的竹箱，一如女子失寵而被遺棄冷宮，「篋笥」暗喻冷宮幽閉，也是語義雙關。本詩藉團扇寫女子最終情場失意的心緒，文辭「怨而不怒」，沈德潛評價此詩曰：「用意微婉，音韻和平。」，因而更添淡詞濃情。

──本詩選自梁・蕭統編，唐・李善注《昭明文選》：（臺北：文津出版社，1987）。

我堅持在愛情中保留我的驕傲。
（圖：潘坤松）

5　棄捐篋笥中：被棄置在裝衣物的竹箱。捐，棄；棄捐：拋棄。篋，小箱子，音ㄑㄧ
　　ㄝˋ；笥，盛飯食或衣物的竹器，音ㄙˋ；篋笥，古人裝衣物的竹箱子。

■| 主旋律 | ⋅⦁

　　班婕妤，名不詳，西漢成帝時人，生卒年亦不詳，祖籍樓煩（今山西朔縣甯武附近），是史學家班固的祖姑。漢成帝初即位，班氏選入宮，後立爲婕妤，因其眞實名字無從稽考，後人慣稱其爲班婕妤。

　　班婕妤是漢成帝的后妃，在趙飛燕入宮前，是漢成帝最爲寵倖的妃嬪之一。她的文學造詣極高，又擅長音律，甚得成帝寵愛。後趙飛燕姐妹得寵，班婕妤爲免禍乃自請供奉皇太后於長信宮；成帝卒，奉守園陵，死後葬於園中。她的文學造詣極高，是中國文學史上著名的女作家之一。她的作品大多散佚，現存作品有三篇，即〈自傷賦〉、〈搗素賦〉和五言詩〈怨歌行〉。

　　〈怨歌行〉亦名〈團扇歌〉、〈怨詩〉，是一首詠物言情之作。徐陵《玉臺新詠》於詩前作序介紹：「昔漢成帝班婕妤失寵，供養於長信宮，乃作賦自傷，并爲怨詩一首。」全詩用「團扇見捐」來比喻嬪妃受帝王寵幸、遺棄的悲劇命運，把傳統女性的閨怨比物言情，語緩而情熾，氣柔而情哀，構成了極高的藝術性。

■| 協奏曲 | ⋅⦁

　　愛情是否能夠經得起考驗？有些人你曾經深愛過，但漸漸不再那麼愛了；有些人或許一直默默地守候著你，但你會愛上他？班婕妤〈怨歌行〉經由團扇的歌詠，陳述了對愛情的懷念與失落，同時也表達了愛情終難廝守的悲哀。我們不禁暗忖——海誓山盟、海枯石爛的感情有可能？到底人類的愛情是否能夠永恆？爲什麼愛？爲什麼漸漸地沒那麼愛？我們試著從人性來分享愛情，進一步去討論如何經營愛情。

分組討論【愛情分享會：「愛情可以永恆嗎？」】學習單	
【步驟一】 同學進行分組討論： 「愛情可以永恆嗎？」 每組把意見寫在學習單，然後進行小組分享。	【愛情可以永恆嗎？】
【步驟二】 接續討論： 1. 如果你相信人類的愛情可以永恆，什麼樣的愛情才是永久不變？ 2. 人性的愛情如果不能永恆，那麼要怎麼經營與保值？	【什麼樣的愛情可以永恆？】或是【愛情要如何經營與保值？】 (1) (2)

▋|迴旋曲| ⦂━━━━━━━━━━━━━━━━

1. 王昌齡:〈閨怨〉,邱燮友注譯《新譯唐詩三百首》(臺北:三民,2012)。

2. 蔣防:〈霍小玉傳〉,蔡守湘選注《唐人小說選注》(臺北:里仁,2002)。

3. 元稹:〈鶯鶯傳〉,蔡守湘選注《唐人小說選注》(臺北:里仁,2002)。

4. 蒲松齡:〈阿英〉,《聊齋誌異》(臺北:臺灣書房,2009)。

5. 楊雅喆(導演兼編劇):《男朋友·女朋友》(臺灣:原子映象、中影國際,2012電影)。

(謝瑞隆選編)

班婕妤〈怨歌行〉「愛終難厮守」的嘆息!(圖:謝穎怡)

「養生深呼吸」

你是否仗著年輕有本錢，就不聽忠告，而恣意揮霍身體健康？有些身體的傷害一旦烙下了，就回不去了，你曾想過嗎？

心靈需要滋養，身體也需要調理。現代學生大多倚賴科技，生活作息不規律，透過文學引導，潛移默化學生的養生觀念，擺脫御宅族的刻板印象。所選的篇章有：

莊子〈養生主〉，莊子提到的「養生」，是以心靈上的超脫為主，面對阻難重重的現實困境，發現自然的規則，並讓靈魂安然自在地活在其中且看如何化繁為簡，保留靈魂的精華！

蔣勳〈新食代〉，蔣勳說「物質的永續狀態，或是生命的永續狀態，就是有機。」我們每天犧牲健康和睡眠，力爭上游，或者視一切為無物，透支體力，等到失去健康時，早已回不去了。你今天「有機」了嗎？

四部曲「養生深呼吸」選篇一：

莊子〈養生主〉（節選）

▌▌奏鳴曲▌ ·:——————————————————

　　吾生也有涯[1]，而知也無涯。以有涯隨無涯，殆[2]已；已而爲知者，殆而已矣。

·間奏 *1* ·

個人的「生」註定有涯岸，有終結，但是世上的「知」，卻是浩如煙海，無邊無際。「生」，指的是生命與生活；「知」，指的不僅是客觀的知識道理，也指的是人世間種種因緣感遇，以及隨之而來的欲求、爭奪、不滿和衝突。「以有涯隨無涯」，用有限的生命追逐那無止境的欲求和煩擾，豈不如夸父逐日那樣瘋狂危險？爲此執迷不悟，仍一頭栽進這條「知」的不歸路，那眞是無可挽救了！

1　涯：邊際，極限。

2　殆：危險。

庖丁[3]爲文惠君[4]解牛，手之所觸，肩之所倚，足之所履，膝之所踦[5]，砉然嚮然[6]，奏刀騞然[7]，莫不中音[8]，合於桑林[9]之舞，乃中經首之會[10]。文惠君曰：「譆！善哉！技蓋[11]至此乎？」

・間 奏 *2*・

常言道：「殺雞焉用牛刀。」殺雞不比解牛，解牛更需要純熟的技巧與豐富的經驗，非尋常人可以勝任。觀看庖丁爲文惠君肢解牛體的過程，眞是一場華麗絕倫的表演。他「以手推牛，以肩就牛，以足踏牛，以膝壓牛」，人體與牛體合拍律動，靈轉美妙，進刀與出刀節奏俐落，聲響悅耳，彷彿是欣賞絕美曼妙的音樂和舞蹈。庖丁將如此煩難的技術昇華至高超境界，難怪文惠君會歎爲觀止。

---

3 庖丁：即廚師。庖，廚房。丁，僕役，或指從事某些勞役或職業的人。一說，丁是廚師之名。先秦時代的庶民以職業爲氏，置名於後。

4 文惠君：即梁惠王，亦稱魏惠王。

5 踦：用膝抵住，音ㄧˇ。

6 砉然嚮然：砉然，皮肉分離的聲音。砉，音ㄏㄨㄛˋ。嚮然，多種聲音相互回應的樣子。

7 奏刀騞然：奏刀，進刀。騞然，以刀快速割牛的聲音。騞，音ㄏㄨㄛˋ。

8 中音：合於音樂的節奏。中，合適，音ㄓㄨㄥˋ。

9 桑林：傳說中殷商時代的樂曲名。

10 經首：傳說中帝堯時代的樂曲名。會：樂律，節奏。

11 蓋：通作「盍」，亦即「何」，怎麼的意思。

庖丁釋刀對曰：「臣之所好者道也，進乎技矣[12]。

·間奏 *3*·

庖丁不光是解牛，而是從單純運刀的技術之中，逐步超越提升，體會至高的道體存在，即所謂「技進於道」，這也引發文惠君對「養生」的領悟。

始臣之解牛之時，所見無非全牛者。三年之後，未嘗見全牛也。方今之時，臣以神遇而不以目視，官知止而神欲行。依乎天理，批大郤[13]，導大窾[14]，因其固然[15]，技經肯綮[16]之未嘗，而況大軱[17]乎！

·間奏 *4*·

庖丁解牛，歷經三進程。第一是感官目視的「全牛」階段，是正面的硬碰硬，看到什麼便砍什麼；第二是心知理解的「未嘗見全牛」階段，是心中有一全牛肢解圖，按圖解牛；第三則是「神遇」階段，感官與心知全停止了，只任憑神氣運行，與牛體的筋脈骨節相會，依循自然之理，從容操刀，深入骨節或筋脈的縫隙處，順著牛體結構，迎刃而解，連那些經絡最糾纏的地方也未曾損傷，何況是大骨頭呢？庖丁通過不斷修養升級的工夫，掌握到如此解牛的絕技。

---

12 進乎技矣：比技術更高一層。進：進一層，含有超過、勝過的意思。乎：於，比。

13 批大郤：指劈開牛體筋腱骨骼間的空隙。批，擊。郤，通作「隙」，音ㄒㄧˋ。

14 道大窾：指依循牛體骨節間較大的空穴。道，同「導」，循著。窾，空穴，音ㄎㄨㄢˇ。

15 因其固然：順著牛身體本來的結構。因：依，順著。

16 技經肯綮：「技經」指經絡結聚的地方。技，通作「枝」，指枝脈。經：經脈。「肯綮」指骨頭和筋肉結合的部位。肯：附在骨上的肉。綮：骨肉聚結處，音ㄑㄧㄥˋ。

17 軱：大骨，音ㄍㄨ。

良庖歲更刀，割也；族庖[18]月更刀，折也。今臣之刀十九年矣，所解數千牛矣，而刀刃若新發於硎[19]。彼節者有閒，而刀刃者無厚，以無厚入有閒，恢恢[20]乎其於遊刃必有餘地矣。是以十九年而刀刃若新發於硎。

• 間 奏 5 •

解牛不能不用刀，觀察用刀的好壞，即可斷定廚師技藝高下。優良的廚師用切筋肉解牛，所以刀一年一換；普通的廚師用砍骨頭解牛，刀一月一換。但是庖丁的刀，用了十九年，卻仍像是剛滾過磨刀石一樣嶄新！何以致之呢？理由就在，庖丁的刀從不去切，也不去砍，而是用那沒有厚度的刀刃去析解有空隙的牛體，從阻力最小處下刀，迴旋的空間也最大，所以遊刃有餘而無損，長保刀的光亮銳利如新。

---

18 族庖：指一般的廚師。族，眾，一般的。

19 硎：磨刀石，音ㄒㄧㄥˊ。

20 恢恢：寬綽的樣子。

雖然，每至於族[21]，吾見其難為，怵然[22]為戒，視為止，行為遲。動刀甚微，謋然[23]已解，如土委[24]地。

•間奏 6•

說是遊刃有餘，看似輕巧容易，其實仍大意不得，必須全神貫注，專心一致，尤其遇到最為繁難複雜之處，更要小心翼翼動刀，如臨深淵，如履薄冰。這正是一種謹小慎微的態度。一旦突破窒礙，牛體便霍地應聲分解，像土塊崩落一樣爽快，彷彿不知自己怎麼死的。

提刀而立，為之四顧，為之躊躇[25]滿志，善刀而藏之。」

•間奏 7•

全牛既已分解，大功告成，庖丁像是解決敵人的武俠高手，提刀獨立，四處顧盼，洋洋自得，但庖丁並未因此沖昏頭，他仔細收藏好刀，等待下次出刀的機會。

---

21 族：指骨節、筋腱聚結交錯的部位。

22 怵然：小心謹慎的樣子，音ㄔㄨˋ。

23 謋：牛體分解的聲音，音ㄏㄨㄛˋ。

24 委：散佈。

25 躊躇：志得意滿的樣子，音ㄔㄡˊㄔㄨˊ。

文惠君曰：「善哉！吾聞庖丁之言，得養生焉。」

・間奏 8・

文惠君說的「養生」，也就是庖丁如何解牛之道。質實說，牛便是人所面對的複雜萬端的人間世，所有利害紛爭像牛的筋脈骨節交錯糾結一般，割不斷，理還亂。刀便是人的自我主體，身處在這繁難錯綜的人間世，愈周旋其間便愈趨鈍化，時時可能折損，甚至於喪生。借庖丁解牛的闡述，可以掌握「養生」的四個關鍵：一是「神遇」，以心領神會的手腕入世處世，勿生割硬砍，也勿勞心竭慮；二是「無厚入有間」，尋求最小阻力的自然之路；三是「怵然為戒」，愈是繁難之處，愈要小心謹慎；四是「善刀藏之」，韜光養晦，不輕露鋒芒。如此便能長久保持自我主體的自由狀態、活潑狀態，「遊刃有餘」、「刀刃若新發於硎」，這才是真正「養生」的主旨。

——本文選自清・郭慶藩：《莊子集釋》（臺北：世界書局，2008）。

▌▌主旋律▌ ⋅⫶⋅─────────────────────────────

　　莊子，名周，戰國時代宋國蒙人，爲先秦諸子之一，道家學派代表人物，他的思想繼承老子而有所發展，後世習慣將二人並稱爲「老莊」，他們的哲學並稱爲「老莊哲學」。相較於老子，莊子的學說更能詳盡處理人與自然的關係，開創人的心靈自由之無限可能，並提出人的自我修養，以及面對社會國家的處世之道。

　　莊子與梁惠王、齊宣王同時，比孟子年齡略小。曾做過漆園吏，故亦稱爲蒙吏、蒙莊、蒙叟。他的生活十分貧困，卻淡泊名利，廉潔正直。楚王想重金聘請他作官，他拒絕說：寧願當個「生而曳尾於塗中」的活龜，也不要做個廟堂之上「死爲留骨而貴」的神龜，並且以「吮癰舐痔」譏諷那些沽名釣譽、貪財求官之輩。正因爲世道污濁，人心紛擾，他的內心深處充滿悲慨和失望，故一生主張精神上的逍遙自在，重視內在的品德與修養，與天地合而爲一，與萬物齊平對待，以高超的審美角度，跳脫人間是是非非，爲人生指示一條美好的新路。

　　莊子學問淵博，文采非凡，著有《莊子》一書。傳聞嘗隱居南華山，故唐玄宗天寶初，詔追號爲「南華眞人」，稱其書爲《南華經》。他的文章想像豐富奇特，文筆變化多端，擅長以幽默風趣的寓言故事寄託精微奧妙的哲理，富於浪漫色彩，對後世文學影響深遠。本文節選自《莊子·養生主》，莊子以「庖丁解牛」的故事，說明面對複雜煩難的人世，應該保有自由活潑的心靈，要順應自然，不要強爲硬使，才能遊刃而有餘，無入而不自得。

▋|協奏曲| ᛡ────────────────────

我的養生食譜

　　莊子提到的「養生」，是以心靈上的超脫為主，面對阻難重重的現實困境，發現自然的規則，並讓靈魂安然自在地活在其中。如同一道佳餚要利用生鮮的材料在盤子中盡情舒展一般。請以自己的個人「最牛」（超乎尋常）的特質或經驗為材料（如：寂寞、害羞、失戀、病痛……等），再以自我的期許與應對之道為調理方式，把自己的生命變成一道令人食指大動的佳餚。如果天命註定難違，人生亦無異路的話，你要如何像莊子一般安時處順走下去？請為自己的生命調理一份養生食譜吧！

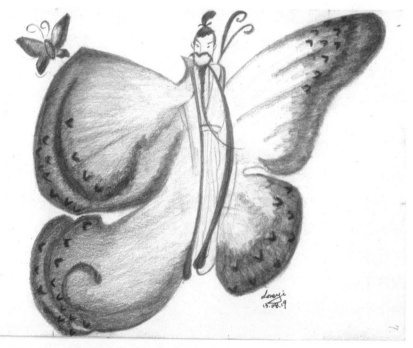

莊子〈養生主〉讓心靈長出一對翱翔的翅膀！（圖：謝穎怡）

「我的養生食譜」學習單	
材料	（個人「最牛」的特質或經驗）
調理方式	（我的期許與應對之道）
調理過程	（文長限300-500字）
老師的美味評點	

▐ | 迴旋曲 | ‧⟶

1. 莊子：〈達生〉「承蜩大人」，清‧郭慶藩《莊子集釋》（臺北：世界書局，2008）。

2. 王溢嘉：《莊子陪你走紅塵》（臺北：有鹿文化事業，2012）。

3. 史鐵生：〈命若琴弦〉，張曉風編《小說教室》（臺北：九歌出版社，2008）。

4. 陳凱歌（導演），《邊走邊唱》（中國電影，改編自史鐵生〈命若琴弦〉，1990）。

5. 力克‧胡哲：《人生不設限：我那好得不像話的生命體驗》（臺北：方智出版社，2007）。

用蔬果拓印出來的畫面，繽紛和諧！（圖：潘坤松）

四部曲「養生深呼吸」選篇二：
蔣勳〈新食代〉（節選）

▌奏鳴曲▌ ·

　　談生活，談文化，都離不開食衣住行這四個基本條件，甚至有時候你會發現，構成你的生命記憶的，就是這些看起來簡單，很平凡的瑣碎小事，而人生艱深複雜的哲理，也是從微不足道的食衣住行中實際體會出來的。

　　我們說「食衣住行」的這個順序，食是排在第一位，表示這是最重要的。可是工業革命之後，食這件事情卻是第一個被糟蹋、被忽略。你會發現周遭很多人對吃什麼、怎麼吃，其實是很漫不經心。

　　在中午用餐時間，到都會區看上班族們吃飯就會了解，我真的很懷疑他們吃得那麼匆忙，到底知不知道自己吃進去什麼？

●間奏 1●

古人說：「民以食為天」，俗諺也說：「吃飯皇帝大」。關於「食」這件事一直是文化傳統中最具有代表性的指標，能不能吃得好與能不能好好吃，象徵一個人、一個家庭、甚至一個國家的生活水平與文化高度。自工業革命興起後，物質生產大量增加，改善人的生存條件，但是人也變成物質生產的機器，投入高速運轉之中，忙碌不停。吃飯竟然變成「上機油」般的動作，只為讓

自己快速補足一點精力，再繼續投入高速運轉的機器中。這也是「速食」所以會盛行的原因吧！

「食」的回憶與記憶

很多人都知道法國人不喜歡速食，他們也常反問我：「你們爲什麼要速食？」吃飯是一個好快樂的過程，吃飯的時候可以跟很久不見的朋友或是家人，聊聊彼此發生的事，當然需要很多時間，這是一件很重要的事情。

我們自己也可以去抵抗這些低劣、粗糙的商品占據生活。假如朋友約我假日去速食店吃飯，我一定轉頭就走。好不容易週休二日，可以在家烹煮一些食物，即使是包個水餃都好，爲什麼要吃速食呢？如果今天時間很匆忙，沒有辦法坐下來好好吃飯，那麼買速食沒有關係，但既然是休假日，爲什麼要趕時間吃「速食」？那麼你把時間剩下來要做什麼？

我很想去影響下一代，讓他們不要太倚賴速食。所以我會找學生到家裡來包水餃，從揉麵糰開始，告訴他們怎麼樣去把韭菜燙熟，怎麼切丁，教他們分辨絞肉跟剁肉是不一樣的，經過刀剁的肉，多麼有彈性，多麼好吃。那天，他們帶回去的回憶好多好多，這個回憶和吃粗糙速食的過程絕對不同。

·間奏 2·

速食所提供的食物，從養殖、栽種，到製造、調理，以及行銷、
販售，都採用一系列規格化、工業化的處理，以大量的生產、快
速的取得爲手段，爲了投合現代人每天經濟生產的能量需要。在
這過程之中，非但壓縮了時間，也壓縮了品質，更壓縮了我們的
健康，我們的生活情感，甚至我們的本性良知。在虛幻美麗的速
食廣告之下，我們其實並不知道我們正在快速地扼殺什麼？

曾經有法國來的朋友問我：「臺灣人這麼喜歡吃到飽，是因爲吃
到飽很難嗎？」法國人沒有人會說自己是狼吞虎嚥的人，而會說自己
吃得優雅、很精緻，因爲前者是很丟臉的。

當然不是說一定要吃得精緻，或是不能走進吃到飽的餐廳，重點
是你自己要快樂。我在吃到飽餐廳看到一個正在發育的小孩，爸爸叫
他吃到飽，說多吃一點才划算，所以孩子就拚命拿，盤子裡的食物堆
得跟山一樣，光是水煮蛋就拿了七顆。我想，那個孩子真的被爸爸害
死了，他需要一次吃七顆蛋嗎？

如果我們是抱著「多吃一點才划算」的心態，就是物化了。划得
來嗎？實際上賠得更多，賠掉孩子的道德，賠掉孩子的味覺，賠掉孩
子身體的美。爲了區區幾百塊錢，全部都賠掉了，我覺得非常荒謬。

你可以想像島嶼上的下一代，是用一種「吃到飽」的心態去做爲
衡量一切事物的最高標準，他的性、他的倫理、他的婚姻都要「吃到
飽」否則不划算，不是很恐怖的一件事嗎？

•間奏3•

所謂「物化」，就是人被物役使，人的價值是以物的經濟價值來
衡量，人的價值甚至甚至不如物的經濟價值。「吃到飽」正是把
物的經濟價值誇大到極限，吞噬人其他更重要的價值，像貪得無
厭的蛇吞象。這種「撈本」的心態，表面是賺得許多，其實是把
人變得不像人，得不償失啊！

　　如果從最基本的社會道德價值再去衡量，怎麼會讓一個孩子吃成
這樣？應該是教他怎麼吃，才能營養均衡，不是嗎？

自然永續的循環

　　現在很多人都在檢討，二十世紀因為西方工業革命讓人力干擾自
然，造成污染和危害，所以提倡環保，試圖恢復有機生命狀態。這個
行動是出於「地球只有一個」的觀念，我們不能把所有資源在短時間
內全部用完，應該顧慮到地球甚至整個宇宙的平衡問題。這個認知，
不應該只是一種知識，而要成為一種生活信仰。如果只是知識，就會
導致為了要很快吃到一棵植物或一隻雞，就打生長激素、加農藥，讓
它快速成長，而這個方法是不健康的。

　　所謂的「有機」就是一切東西都可以再轉化、再延續，而不是一
個速成、絕望的狀態。它可以很安靜、很沉默，卻是源遠流長的。
我們現在常用兩個字「永續」，物質的永續狀態，或是生命的永續狀
態，就是有機。

·間奏 4·

大量製造，快速生成，用過即丟，這些都不是「有機」的概念。
眞正的「有機」是對物質消耗的謹愼，對生命延續的重視。人在
世間，固然不能永遠占一席之地，但我們的一舉一動，卻可能深
遠地影響下一代，更何況我們對自然資源隨意的揮霍與丟棄，日
積月累，可用者愈來愈少，廢棄者愈來愈多，都將會是後代子子
孫孫不可承受之重。

我們可能都以爲自己知道什麼是有機，就像我以爲小時候看到用
人的糞尿當肥料，就是有機；後來才知道，因爲食物的關係，現代人
的糞尿也被汙染了，人的糞便裡可能含有大量的銅。即使是用來當肥
料，都不是有機。

十九世紀前，人類還沒遭遇到這麼大的元素失衡問題，這眞的是
二十世紀以後人類的難題，造成的原因可能牽涉到人口的增加、經濟
的發展、工業革命等等，我們會希望在二十一世紀時，能有些調整加
以制衡，但還是有很多困難。

這幾十年來，臺灣的經濟有很大的進步，但同時我們對「進步」
這兩個字也開始有所懷疑，可能在富裕的同時，土壤壞了、空氣壞
了、水壞了，我們付出不小的代價，也讓我們生活在「食物的恐懼」
中，不知道究竟吃進去什麼東西。現在有一些人開始提倡「有機」，
我想這不只是農業的問題，而是牽連到整個大政策，包括政治、經
濟、生活品質等層面，讓我們能做更多反省。

有機是個大理想，不是一下子就能達成，需要大家慢慢去重新反
省過去生活裡的很多問題，並從中做一點調整。譬如建立一個觀念，

好的食物即使再貴都要買。吃好的食物，讓身體健康，同時也可以避免產銷不平衡的問題。我常常下鄉觀察到臺灣農業產銷不平衡的問題，大量的蔬果就放在路邊爛掉，看了讓人覺得好傷心。

有心跟有機

還有，要認真看待「吃」這件事。我覺得囫圇吞棗、大吃大喝，或是隨手抓個漢堡往嘴裡塞，都不夠認真，這樣吃不但吃不出食物的味道，也間接鼓勵了生產食物的人，可以為了求快、求量，忽視品質，會用生長激素去縮短一隻雞的成長時間，或者灑農藥讓菜長得快一點、漂亮一點，卻失去了原本該有的營養。

我的意思是，如果你真的在意「吃」這件事，願意去感受食材的新鮮度，願意花費時間去了解一道食物從材料、處理到烹煮上桌的過程，甚至願意用很多道程序去料理一樣食物，你才會知道什麼真正的「有機」。

也唯有如此，你才會體會到食物裡的情感。我們吃東西，不只是求飽，也在消化一份情感，土地的情感、物的情感、人的情感。我們常聽到異鄉工作的遊子，吃到一樣東西，覺得有媽媽的味道，覺得很感動。他吃到的這個味道，不單純食物在料理後的甜或鹹或辣或甘，他吃到的是一份記憶裡的母愛，一股鄉愁。

只有跟土地很接近的人，他會把手中的生命，視為嬰兒一樣，感受到植物的脈動、心跳。作家黃春明在小說中描述他在蘭陽平原農家長大，老祖父會帶著他在田裡頭走，告訴他：你要去聽稻子在長大的聲音。他一直很努力聽，卻聽不到，但祖父是聽得到的，他能聽見到稻子在抽長的聲音。

•間奏 5•

古人有所謂「愛物」、「惜物」、「敬物」之說，這並非誇大物
的經濟價值，而是將物視為有生命的個體一樣認真地看待，它
與人的情感融合為一，甚至參與人的生活過程和生命體驗。就如
此處所說的「食物裡的情感」，平凡的食物，在有心人中，可以
聯繫到記憶與情感，或是一份母愛，或是一股鄉愁。所以「愛
物」、「惜物」、「敬物」，實在是為了「愛人」、「惜人」、
「敬人」。一個不會任意糟蹋物的人，自然也不會任意糟蹋自
己，糟蹋其他人。

　　一個能聽見稻子抽長的人，一定知道如何選擇食物，不會為了
「多吃一點才划算」，壞了自己的味覺。

在新食代學會等待

　　飲食的問題這幾年來談了很多，我想這些問題的源頭是現代人需
求太多，太過於急躁了，所有的東西講求速成、大量，為了求方便，
很多事情都不講究了。如此一來，我們失去的不只是味覺，不只是飲
食文化的精緻性，還會失去人與自然之間的平衡。例如為了喝鮮乳，
強迫母牛不斷的懷孕，以分泌乳汁，母牛擠出的乳汁都製成牛奶，那
麼小牛喝什麼呢？

　　就像佛家說的因果循環，最後這些惡果還是會回到人的身上。促
進乳牛產奶的賀爾蒙會造成人體發育過早的不正常現象，肉類裡面
的抗生素會讓人體容易過敏，或是讓體內的病原菌產生抗藥性；而農
藥、化學肥料造成的土地沙漠化現象，糧食問題越來越嚴重。

其實有一段時間，我不太願意去聽這一類的話題，越聽越不知道怎麼活下去，什麼東西都不能吃，水也有問題，空氣也有問題，還會有人告訴你今天最好不要出門，因為紫外線太強。

我想活在那樣的恐懼下是不好的，不健康的，倒不如從正面思考，我們可以做些什麼？

在新「食」代裡，我們是不是可以試著緩下自己的腳步，少吃一點，吃好一點，並且學會等待，我覺得很重要，等待花開、等待果熟，等待一道食物用繁複的手工步驟細心料理。

•間奏 6•

生活在現代高速文明的社會，說「等待」是奢侈的，因為我們習慣說「一寸光陰，一寸金」，把時間視為金錢交易，愈能省時，就愈賺錢。但作者提醒我們：學會等待！等待春天讓花開，等待秋天使果熟，等待一個細心的廚師烹調一道精緻料理。這樣的等待，其實便是對生命的謙卑，對造物者的感謝。我們應該放棄予取予求的霸凌者姿態，把時間還給自然，同時也恢復自身做為人的價值。

如果能讓等待變成一種態度，一種心態，它才會成為生活中的信仰，成為我們做為人的新價值。

──本文選自蔣勳：《生活十講》（臺北：聯合文學，2009）。

▌主旋律▐ ❖──────────────────────

　　蔣勳（1947～），出生於西安，父親爲福建長樂人，母親出身旗人貴族。三歲時，因爲戰亂隨父母遷居來臺，住在臺北市大龍峒附近。當地的廟宇香火鼎盛，酬神的歌仔戲和布袋戲終年不斷，是他接觸本土民間文化的開始。童年蔣勳就在由北至南各種文化交會的刺激與滋養下，走向文學與藝術的人生。

　　中國文化大學藝術研究所畢業後，蔣勳前往法國，進入巴黎大學藝術研究所。在這座自啓蒙運動以來人文思潮薈萃的城市，蔣勳很慶幸能夠親身體驗其中多元活潑的文化氛圍，認定人應該活出自己的價值。回國之後，他從事藝術工作，專注於美學探索，主編雜誌，任教大學，也同時寫作、繪畫、演講、出書，在每個不同領域，無一不精彩傑出，引人注目。近年來，他努力從事民間藝術教育，擔任文藝講座，主持廣播節目，規劃東西方名家畫展等，對普及美學素養貢獻良多。

　　蔣勳寫作範圍極廣，包括詩、小說、散文、美學評論、生活論述……等。他的作品處處顯露深刻的人文關懷與美學思索，意圖喚醒現代人爲物質生活焦慮所沉埋的心靈，重新展現生命的活度。他的著作有《此時眾生》、《此生：肉身覺醒》、《少年臺灣》、《島嶼獨白》、《孤獨六講》……等。

　　本文選自《生活十講》，談及臺灣社會的飲食問題，蔣勳說要回到日常的食衣住行，從最基本的生活中談哲理。「新食代」的臺灣社會應該揚棄「速食」與「吃到飽」的惡習，體會食物裡的情感，學習等待的態度，才算是吃得好、吃得有品味的「有機生活」，免於食物污染的恐懼，也免於物化的危險。

▌▌協奏曲▌ ∙※━━━━━━━━━━━━━

「有機生活」臉書

　　蔣勳在〈新食代〉中，藉由吃這件事引發出「有機生活」的概念。不禁令我們思考平日的飲食生活中，是不是也流於倉促，流於物化，沒有善待我們做為人的價值？下列請以照片配合文字的臉書記錄方式，分享你近期食用且印象深刻的一餐，同時檢視自己是否具有〈新食代〉文中提到的「有機生活」？（照片四張，每張須有說明，每則文長100-150字）

人本是大自然的一份子，與大地合為一體，隨心所欲。（圖：潘俊志）

（照片黏貼處，一式四份）

照片說明：

▌|迴旋曲| ⋯────────────────────

1. 蔣勳：〈談物化〉，《生活十講》（臺北：聯合文學，2009）。
2. 張讓：〈米飯大事〉，焦桐編《2011飲食文選》（臺北：二魚文化，2012）。
3. 林文月：〈荷葉粉蒸雞〉，《飲膳札記》（臺北：洪範書店，1999）。
4. 黃春明：〈青番公的故事〉，《看海的日子（黃春明作品集1）》（臺北：聯合文學，2009）。
5. 李安（導演）：《飲食男女》（臺灣：中央電影公司，1994電影）。

（兵界勇選編）

傾聽內心野性的呼喚，回歸真我！（圖：潘俊志）

「生命向前行」

你害怕病痛的糾纏、精神的折磨嗎？你害怕死亡嗎？你希望活著的人怎樣記住你？

人生終點可否少一點磨難、多一些平靜？人死後會去那裡？這是人類共同的期盼與探索。如果可以學會優雅、從容地面對死亡，那麼就會更真誠坦蕩地活著。所選的篇章有：

郭漢辰〈生死一瞬〉，總以為時間還很多，路還很長，可是當無預警的意外災難突然降臨的時候，你該如何自處？為什麼是我？該如何說再見？

聖經〈約拿書〉，人的自大與偏見，在死亡面前暴露無遺。因為無法正確理解死亡的訊息，所以活著的時候靈魂焦躁不安，精神備受煎熬，彷彿陷在牢獄之中，必須仰賴更高的救恩。

五部曲「生命向前行」選篇一：
郭漢辰〈生死一瞬〉

▌▌奏鳴曲▌ ·•───────────────────

原來我們這幾十年的生命，全都在大地的震動下，猶如螻蟻般翻滾來去……。

•間奏 1•

前言之處，直接表達在地震來臨的時刻，大地上的我們就像螻蟻一般毫無招架之力，任憑擺盪甚至翻覆。如此的比喻，正說明天災的不可預測與可怕，在這般的天災當中，我們的生命都有著平等的脆弱。

一九九九年九月二十一日，我和妻子結婚的前一年，我們分屬兩個不同的家庭。那年母親剛過世，父親離開人間已一年，家裡只剩我一人，兄弟在外地工作打拚。

•間奏 2•

文章的開頭，作者簡潔地交代九二一當時的家庭狀況，尚未成親的他，獨自在家裡面對左右上下搖晃跳動的大地震。

我清楚記得，地震發生時是星期一，我剛從外地值班回來。

凌晨時分，黑夜最濃最烈的時刻，我一個人坐在二樓的客廳看著電視，忽然間，大地劇烈震動，一開始是左右搖晃，後來變成上下跳動，我與房子彷彿坐在迪士尼樂園的雲霄飛車上，剎那間，被強大的力量所震攝在空間中前後衝撞。

不知過了多久，天地才停止搖晃。

我打開電視，看見這場地震在臺灣闖下的大禍，臺北市的大樓像骨牌般被輕易推倒，中部的鄉鎮頓時成為一片殘瓦碎礫，我的心也整個被震碎了。

我打開手機，內心微顫著，逐一打給我摯愛的親人，也就是當面臨天災及生死一瞬間時，心裡首先想到要生死與共的家人。

•間奏 3•

當大地震平靜的時刻，這時候的作者最掛念的對象是血濃於水的原生家人。

地震不只在我們的生命中烙下印記，它更震成了我們這一代的人生風景。

•間奏 4•

作者形容地震已成為我們這一代的「生命風景」，因為這幅風景，不管是國內國外、男女老少，只要有記憶以來目睹過、經歷過，皆會成為難以抹滅、甚難忘懷的畫面。當有感地震瞬時來臨，過去的畫面也將瞬間清晰。

　　二○○四年，我和妻子及四歲的女兒，透過電視轉播，目睹了南亞大地震引發的超級海嘯，二十幾萬人的生命，在波瀾起伏的濤天巨浪中瞬間化為雲煙。

　　我的女兒曾經因此害怕走上沙灘，長大後的她每次和我去到海邊，她總是緊張兮兮的說：「爸比，你仔細看喔，看看海水有沒有急速漲潮，如果有，那就是海嘯要來了……。」

　　原本以為這些可怕的自然災害只能夠遠離，沒想到，巨大的天災像傳染病般愈來愈多，不但揮之不去，還一個一個接踵而來。

　　二○○六年十二月二十六日，恆春外海發生了一場百年大地震。那天傍晚，我們在二樓客廳，女兒剛從芭蕾舞班下課，身上穿著可愛小巧的芭蕾舞衣，她正在表演當天學到的新舞步，才翻轉過身，就被瞬間來襲的地震震得趕緊撲向坐在沙發上的母親。

　　照顧阿嬤的外籍傭人，嚇得躲進家裡的大壇木桌下，任我們怎麼叫喊，她就是不肯出來。只有阿嬤可能因為關節疼痛，就一動也不動的安坐在她的太師椅上，好像地震不曾在她的世界來臨過。

●間奏 5●

唯一震不怕的老阿嬤，從年少到年老，震過一場又一場，震得也鎮定了──「人生風景」不過如此。

這些點點滴滴的地震經歷，成了二十一世紀初人們集體記憶的一環。

•間奏 **6**•

天災的記憶富含共世共代的特質，只要活在「那個時間點」的人群，或許忘記發生的年歲，但是對於日期與地名卻不會說錯。每個人的一生中總會經歷過幾次永生難忘的震度，這份數十秒、幾分鐘的震度體驗，卻是一輩子當中和許多人的集體記憶與共同話題。

我們經歷過一場又一場無法預測的震動，才深深了解到，生命隨時都有粉身碎骨的可能。唯有愛，才能保存我們生命的完整。

•間奏 **7**•

作者從每一回突如其來的災禍中，領會唯有「愛」能讓生命保存完整。因為愛的力量，將使得個人與集體的記憶擁有「震不碎」的完整與圓好。因為愛的勇氣，將使得震難當下的人間展現最美善的溫情，撫慰至痛的殘缺。

大陸四川的汶川大地震，發生在二〇〇八年五月。地理上，四川距離臺灣看似遙遠，但在全球資訊發達的年代，任何一個小地方發生天地挪移的大事，世界都將同步震動。

汶川大地震那一天，臺灣是否也有所震動？我早已遺忘。但電視上看到四川的天搖地動，這幾年臺灣人的地震記憶，在那一刹那間，全都一起波濤洶湧被召喚了回來。

　　電視裡，那個在大地廢墟上不斷呼喊媽媽的男孩；那個背著老婆屍體，騎著摩托車急著要返鄉的老公；在斷垣殘壁裡，拚命搶救生命的救難隊，決定鋸斷受傷者的雙腿，才能把他從死亡的深淵裡救出……。這些人的身影，反覆出現在我的腦海裡。

　　甚至繼續在我的夢裡上演他們的故事。

▪間奏 8▪

汶川大地震，即使是四川的浩劫，所有受難、救災、死亡、生還的容顏與身影，早已喚起對岸的我們感同身受：震殤沒有距離，夢裡夢外皆真實。

　　地震的烙印，一直持續在我們這代人身上，烙下鮮明的生命印記。

　　二○一○年，我們坐在電影院，走入導演馮小剛電影《唐山大地震》的世界裡。那是三十年前，發生在中國唐山市驚天裂地的一場劇烈天災。地震來襲之前，只見蜻蜓滿天飛舞，接著天際間擴散出一道駭人的紅光，一棟棟樓房就像積木一般瞬間倒塌，彷彿有一雙隱形的手將樓房揉捏擰碎，整個世界霎時化為一片煙塵……。

▪間奏 9▪

因為在自我生命裡擁有實然的經驗與印象，所以即便是過往的、不曾身處的時地，無須想像已融陷情境，跟隨驚懼、跟隨不安。這種鮮明的臨場感，是屬於過去、現在、未來的生命印記；稍有差異之處，唯有輕與重的分別。

　　女兒看電影時，一直想從座椅上跳起來往外衝。我連忙告訴她，這只是電影，不要害怕。她卻像上次看完《2012》一樣驚魂未定，害怕某一場大地震帶來了世界末日。我和妻子一直在黑暗中用手撫慰著女兒，告訴女兒：「就算末日來臨，我們也都會陪她。」

　　「就算有比唐山大地震更強烈的地震來襲，你們也都要一直在身邊陪我喔！」女兒用撒嬌的語氣，想取得我們的承諾。

　　「不用怕，就算真的天塌下來，爸爸媽媽也都會陪在你身邊……。」

　　黑夜中，我和妻子一人用一隻手，緊緊握著女兒的雙手，就算大地震來臨，我們也將用彼此的生命取暖，永不害怕末日的突襲！

・間奏10・

這個階段的作者，除了文章開頭最掛念的原生家人，已再增加對妻女的繫念；這股繫念更多出了呵護與守護，不再是獨自面對而是真正的「生死與共」。儘管大地震在未來仍會突襲而至，但此處呼應作者前文所言「唯有愛，才能保存我們生命的完整」。

──本文選自郭漢辰：《幸福迎接死亡》（新北市：策馬入林文化事業有限公司，2011）。

▌▌主旋律▐ ·•━━━━━━━━━

　　郭漢辰（1965～），出生於屏東，世界新聞專科學校編輯採訪科、國立成功大學臺灣文學所畢業。曾任《臺灣時報》記者、《民生報》特派記者；曾獲多項國內著名文學獎以及第一屆臺灣文學部落格獎。其寫作形式相當豐富多元，包括短篇小說、長篇小說、散文、現代詩、報導文學以及繪本，已出版十多本著作。

　　郭漢辰曾於演講及文章裡提及，在2002年參加全國黑暗之光文學獎時，以〈黎明〉一文獲得小說金獎，並認識臺灣文學國寶級大老葉石濤先生，深受其鼓勵與影響。之後，葉老成為郭漢辰如父如師的重要長輩，引領他在文學創作的道途勇敢前行。他曾說過這麼一段話：「寫作是一條漫漫長路，有時得獎，像是滿天煙火，繽紛美麗但極其短暫，大部分時間，創作者都要迷陷在無邊無際的黑暗中，像盲人般地碰壁探索，在千萬雜亂中，企圖雕寫出一片壯美的文學天地」。

　　本篇課文選自郭漢辰《幸福迎接死亡》一書。寫作這本書的初衷，來自二十年前，有算命先生告知他活不過「47歲」，所以他在46歲時，寫了這本書——當作生命的最後一年，與大家分享最末的生命四季與一生中須完成的二十八件事。誠然，郭漢辰依舊健在，也依然用認真的態度過著「可能是最後一天」的每一日。〈生死一瞬〉旨在敘寫面對數個可怖的大地震所帶來的震撼，闡發對於家人生死與共的濃厚情誼；全文娓娓讀來，親情間相互的珍惜摯情表露無遺。

▌▌協奏曲▐ ·•━━━━━━━━━

　　閱讀〈生死一瞬〉後，同學是否想起親身經歷過最難忘的天災？

記得那時候閃過腦海的念頭是什麼嗎？

　　每一次的災難，我們都不曉得它何時想來。很幸運的，我們活到了今天，此時此刻。但是，下一秒、下一日、下一個月月年年，卻有著無數不得而知的天災。

　　當然，我們不必恐懼它的到來，畢竟眼前十分平靜美好。不過，如果我們都能做好一些準備，心靈上必然更為安定，遺憾也將減到最少最少。

　　這時候，請您帶著「寧靜」的心情，用一種充滿「珍惜」的心境，寫下這封做好準備的信件。

繽紛的顏色，代表各種不同的意象，有平靜有翻騰、有暖陽也有風暴。（圖：謝穎怡〈繽紛意象〉）

【寫信給另一個世界的自己】學習單

如果，我即將遠行到另一個世界，
我會想寫下那些話，投遞給那個世界的自己？

TO：另一個世界的自己

▋|迴旋曲| ⋅

1. 簡媜：〈秋殤〉，《天涯海角：福爾摩沙抒情誌》（臺北：聯合文
   學，2002）。
2. 李魁賢：〈山在哭〉，《黃昏時刻》（臺北：秀威資訊，2010）。
3. 王政忠：《老師，你會不會回來》（臺北：時報文化出版社，
   2011）。
4. 芭雅・巴卡莉、歐馬・昆度（NathalieAbi-ezzi、Omar Guendouz）
   著、李淑寧譯：《奇蹟女孩》（臺北：馥林文化，2011）。
5. 茱莉安・柯普科（Juliane Koepcke）著、林資香譯：《希望之
   翼：倖存的奇蹟，以及雨林與我的故事》（臺北：橡樹林文化，
   2013）。
6. 馮小剛（導演）：《唐山大地震》（臺北：得利影視股份有限公
   司，2010電影）。

（廖憶榕選編）

這是雨過天晴的景象，任
何的景物都煥然一新，充
滿清新的氣息。（圖：謝
穎怡〈一派和諧〉）

五部曲「生命向前行」選篇二：
《聖經‧舊約‧約拿書》

▌奏鳴曲▐ •———

第一章

耶和華[1]的話臨到亞米太的兒子約拿[2]，說：「你起來往尼尼微大城[3]去，向其中的居民呼喊，因爲他們的惡[4]達到我面前。」約拿卻起

---

[1] 耶和華：上帝對以色列人的自稱（Yahweh），與以色列人立有聖約的關係，他創造天地萬物，有絕對的權能，是唯一眞神。《聖經‧舊約‧出埃及記》第36章4節親自宣告：「耶和華、耶和華，是有憐憫有恩典的神，不輕易發怒，並且有豐盛的慈愛和誠實，爲千萬人存留慈愛，赦免罪孽、過犯和罪惡。萬不以有罪的爲無罪，必追討他的罪，自父及子至孫，直到三、四代。」其含意是「自有永有的」（I AM WHO I AM）或「創始成終者」，會使自己的旨意和應許實現。

[2] 亞米太的兒子約拿：根據《聖經‧舊約‧列王紀下》第14章25節記載，一位先知名叫約拿，是亞米太的兒子，迦特‧希弗人，其地在加利利的附近。約拿的背景應該是在西元前第八世紀，也就是耶羅波安二世的時代（前786至前746年）。他的名字意思是「鴿子」。

[3] 尼尼微大城：亞述的經濟中心，自西元前11世紀起即成爲亞述帝國的首都。西元前605年強盛一時的亞述帝國滅亡，尼尼微隨之沒落。其廢墟座落在底格里斯河旁，位於現在伊拉克的北部的摩蘇爾（Mosul）對岸。

[4] 他們的惡：《聖經‧舊約‧那鴻書》第3章1節，先知那鴻如此形容尼尼微：「禍哉！這流人血的城，充滿謊詐和強暴搶奪的事總不止息」。亞述人凶狠好戰，四處侵略，對待戰俘尤其殘忍，尼尼微因此被以色列人稱爲「血腥的獅穴」。

來，逃往他施⁵去躲避耶和華；下到約帕⁶，遇見一隻船，要往他施去。他就給了船價，上了船，要與船上的人同往他施去躲避耶和華。

•間奏 1•

約拿是以色列民族的先知，能傳講耶和華上帝的話，是上帝的僕人。尼尼微城是亞述帝國的首都，也是以色列民族的世仇。當約拿聽到上帝竟然吩咐他去警告尼尼微城將有大禍臨頭，顯得非常不樂意。在他看來，尼尼微城既然已經惡貫滿盈了，上帝出手毀滅正當其時，也大快人心，何至於要他冒生命危險去城中呼籲警告，難道是要讓他們有悔改的機會？基於對尼尼微人的憤恨，約拿心裏不能順服上帝的這項指令，故意背其道而行，搭上與前往尼尼微相反方向的船隻，去到他施，以為這樣就可以遠遠地躲避上帝的呼召。

然而耶和華使海中起大風，海就狂風大作，甚至船幾乎破壞。水手便懼怕，各人哀求自己的神。他們將船上的貨物拋在海中，為要使船輕些。約拿已下到底艙，躺臥沉睡。船主到他那裏對他說：「你這沉睡的人哪，為何這樣呢？起來，求告你的神，或者神顧念我們，使我們不致滅亡。」船上的人彼此說：「來吧！我們掣籤，看看這災臨到我們是因誰的緣故？」於是他們掣籤，掣出約拿來。眾人對他說：「請你告訴我們，這災臨到我們是因誰的緣故？你以何事為業？你從

5　他施：通常認為是西班牙南部海岸古代的塔達蘇士（Tartessus），因其財富而聞名於世。

6　約帕：地中海東岸的港口，位於耶路撒冷的西北方，為世界上最古老的城市之一，即今亞法（Jaffa）。

那裏來？你是那一國？屬那一族的人？」他說：「我是希伯來人[7]。我敬畏耶和華，那創造滄海旱地之天上的上帝。」他們就大大懼怕，對他說：「你作的是甚麼事呢？」他們已經知道他躲避耶和華，因為他告訴了他們。他們問他說：「我們當向你怎樣行，使海浪平靜呢？」這話是因海浪越發翻騰。他對他們說：「你們將我抬起來，拋在海中，海就平靜了；我知道你們遭這大風是因我的緣故。」然而那些人竭力盪槳，要把船攏岸，卻是不能，因為海浪越發向他們翻騰。

• 間 奏 2 •

全知全能的上帝豈不知約拿的心思？約拿又豈能逃避無所不在的上帝？約拿上船後，上帝立刻掀起狂風巨浪，將船隻劇烈搖晃，全船人性命在千鈞一髮之際。上帝明白約拿的背逆，大可以馬上懲處他，或是另外找一個替代人選，然而上帝卻是耐心追蹤約拿，等待他的悔改。就在全船人都驚駭不已盲目尋求各樣神明解救時，約拿竟然置身事外，獨自躺臥船底沉睡。他無疑知道逃不出上帝的掌心，因此故意與上帝賭氣，寧死也不願接受祂的呼召。最後通過「抽籤」的方式，眾人發現禍首就是約拿，並得知是他得罪了他們未曾聽聞的最高主宰；不過他們卻沒有依照約拿所說平息上帝怒氣的方法，將他丟入大海，反而竭力划槳，希望

7　希伯來人：在《聖經》中，希伯來人、以色列人和猶太人都是指亞伯拉罕屬地的後裔，是上帝所揀選的家族成員或子民，因為歷史形成的原因，三者強調重點有所不同。希伯來人（Hebrew），是指說希伯來話的猶太人，與說希利尼話（即希臘語）的猶太人對比。以色列人（Israelite），是最尊嚴的用詞，指神權政治的國民，因而成為上帝應許之後嗣的猶太人。猶太人（Jew），是指與外邦人在國籍或民族身分上有所區別的猶太人。

能突破風浪順利登岸，逃過這一劫。連船上這些不曾認識上帝的外邦人對導致他們身陷險境的約拿都能生出憐憫之心，不忍輕易將他送葬大海，這與約拿不情願帶警告信息給尼尼微城以拯救千萬人性命的剛硬心理相比，形成明顯的對照。

他們便求告耶和華說：「耶和華啊，我們懇求你，不要因這人的性命使我們死亡，不要使流無辜血的罪歸與我們；因爲你耶和華是隨自己的意旨行事。」他們遂將約拿抬起，拋在海中，海的狂浪就平息了。那些人便大大敬畏耶和華，向耶和華獻祭，並且許願。耶和華安排一條大魚吞了約拿，他在魚腹中三日三夜。

・間奏 *3*・

船上的水手在百般努力無效之後，終於明白掌權在上帝，不可違逆，便將約拿拋進海中，果然平息了巨浪。對約拿來說，他想逃往相反方向不得，想躲到船艙沉睡又不得，便想用「投海自盡」的方式來抗拒上帝的呼召。但上帝另有計畫，派一條大魚吞下約拿，不僅阻止他的預謀，也讓他經歷瀕臨死亡的痛苦和掙扎。我們無須追究何以魚能吞人下肚，又何以人可在魚肚中存活三日三夜之久；這並非重點。不順從的約拿，畢竟痛切嘗到了違背上帝旨意的後果。在此，魚腹猶如水中的墳墓，也像是「陰間的深處」，令他恐懼莫名。原本想盡一切辦法逃離上帝命令的約拿，如今遇到生命垂危的大限之期，也想到要尋求上帝的幫助。他發出對上帝的求告，盼望上帝的憐憫和救恩。

第二章

約拿在魚腹中禱告耶和華他的上帝，說：「我遭遇患難求告耶和華，你就應允我；從陰間的深處呼求，你就俯聽我的聲音。你將我投下深淵，就是海的深處；大水環繞我，你的波浪洪濤都漫過我身。我說：我從你眼前雖被驅逐，我仍要仰望你的聖殿[8]。諸水環繞我，幾乎淹沒我；深淵圍住我；海草纏繞我的頭。我下到山根，地的門將我永遠關住。耶和華我的上帝啊，你卻將我的性命從坑中救出來。我心在我裏面發昏的時候，我就想念耶和華。我的禱告進入你的聖殿，達到你的面前。那信奉虛無之神的人，離棄憐愛他們的主；但我必用感謝的聲音獻祭與你。我所許的願，我必償還。救恩出於耶和華。」耶和華吩咐魚，魚就把約拿吐在旱地上。

• 間奏 *4* •

約拿公然拒絕上帝呼召的旨意，不僅連累別人，也讓自己深陷絕境，面臨死亡的威脅。就在這時，他呼喊上帝救他。上帝並沒有因為約拿背棄他的呼召，就生氣發怒或掉頭不顧，反而伸出他大能的手拯救了約拿。上帝之所以將約拿從死亡的邊緣中救回來，主要原因就是約拿祈禱上帝，向上帝認罪懺悔，並呼求救助。這段優美的禱詞，表明約拿對上帝深切的信仰，即使被上帝投下深淵，仍不忘稱頌他的大能，仰望他的救恩，知道他是一切所有的掌權者，知道他是好憐憫、施慈愛的神，而且相信在最惡劣最艱

8　聖殿：以色列人視為敬拜上帝最重要的地方，因為上帝住在聖殿裏。一般來說都是指耶路撒冷聖殿說的。但在這裏，應該是指上帝在天上的居所。詩人用仰望上帝的聖殿來表示渴望上帝的拯救，因為渴望上帝、見上帝的面，就等於生命有獲救的希望。

困的環境之下，必能夠垂聽他的禱告，拯救他脫離苦難。就是這樣真實而虔誠的禱告與感謝，上帝再一次施行奇蹟，將約拿從魚口中吐出，讓他重獲自由。

第三章

耶和華的話二次臨到約拿說：「你起來！往尼尼微大城去，向其中的居民宣告我所吩咐你的話。」約拿便照耶和華的話起來，往尼尼微去。這尼尼微是極大的城，有三日的路程。約拿進城走了一日，宣告說：「再等四十日，尼尼微必傾覆了！」尼尼微人信服上帝，便宣告禁食，從最大的到至小的都穿麻衣。這信息傳到尼尼微王的耳中，他就下了寶座，脫下朝服，披上麻布，坐在灰中。9他又使人遍告尼尼微通城，說：「王和大臣有令，人不可嘗甚麼，牲畜、牛羊不可喫草，也不可喝水。人與牲畜都當披上麻布；人要切切求告上帝。各人回頭離開所行的惡道，丟棄手中的強暴。或者上帝轉意後悔，不發烈怒，使我們不致滅亡，也未可知。」於是上帝察看他們的行為，見他們離開惡道，他就後悔，不把所說的災禍降與他們了。

●間奏5●

蒙恩得救、死裏重生的約拿，再次聽到上帝對他交付的使命。這次約拿不再違抗，奉旨而行，在尼尼微城宣告毀滅即將來臨的訊息。大大出乎意料的是，他才走了一日，尼尼微人竟深信上帝的

9　坐在灰中：古代以色列人一種表示痛心、悔改的方式。也就是把灰拿起來撒在自己的身上。灰，是木材等物燒爐之後的廢棄物。因此，撒灰在自己頭上、身上，或是坐在灰中，都在表示自己就像已經燒毀、無用的東西，可以丟棄的。

話，徹底悔改向善，全城老幼，都宣告禁食，穿上麻衣，表明哀傷痛悔的心；不僅國王脫下了尊貴的朝服，以最卑微的態度，披上麻衣，坐在灰中，甚至連牲畜都以具體的行動悔改。他們除了禁食之外，並且停止所有邪惡與強暴的事。上帝的旨意原是讓人悔改，既然尼尼微城上至國王，下至牲畜都已經悔改，上帝的目的完成了，當然就不會再進行毀滅。可見上帝擁有真實而恆久的愛，祂不會因為人一時的過錯而給予永遠的懲罰，只要人認罪悔改，祂便會寬恕、赦免，改變祂原本要毀滅、懲罰的計畫。然而上帝對尼尼微人的拯救，卻大大激怒了約拿。

　　這事約拿大大不悅，且甚發怒，就禱告耶和華說：「耶和華啊，我在本國的時候豈不是這樣說麼？我知道你是有恩典、有憐憫的上帝，不輕易發怒，有豐盛的慈愛，並且後悔不降所說的災，所以我急速逃往施他去。耶和華啊，現在求你取我的命吧！因為我死了比活著還好。」耶和華說：「你這樣發怒合乎理麼？」

●間奏 6●

因為悔改而得到上帝的救恩，尼尼微人與約拿在這點上其實並無不同。但約拿對尼尼微人不能消解的民族仇恨心結，讓他不能理解上帝的作為，認為他們不配擁有上帝的豐盛的慈愛。約拿非常小孩氣地和上帝鬧彆扭，說他早知上帝本意在施行拯救，並非要毀滅，所以他才逃往施他。他頑固地相信，尼尼微人都應該受到最嚴厲的懲罰，這才是公義的上帝當行的事。如今他看到上帝果然改變心意，決定不懲罰尼尼微人，當然難以接受，甚至向上帝

耍賴，詛咒自己不如死去好了！在魚腹中，他感謝上帝的恩慈與
拯救；在尼尼微，他反而為上帝的恩慈與拯救而發怒。這是他在
信仰上相當矛盾的地方。上帝因而反問約拿：「你這樣發怒合乎
理麼？」希望他能自己省察其中是非。

第四章

於是約拿出城，坐在城的東邊，在那裏為自己搭了一座棚，坐
在棚的陰下，要看看那城究竟如何？耶和華上帝安排一棵蓖麻[10]，使
其發生高過約拿，影兒遮蓋他的頭，救他脫離苦楚；約拿因這棵蓖麻
大大喜樂。次日黎明，上帝卻安排一條蟲子咬這蓖麻，以致枯槁。日
頭出來的時候，上帝安排炎熱的東風、日頭曝曬約拿的頭，使他發
昏，他就為自己求死，說：「我死了比活著還好！」上帝對約拿說：
「你因這棵蓖麻發怒合乎理麼？」他說：「我發怒以至於死，都合乎
理！」

●間奏 7●

約拿不屑與城中人為伍，便走出城外坐在棚下，執意要看看尼尼
微城落到何等下場。上帝先不責怪約拿，反而特別安排一棵茂
盛的蓖麻樹為他遮蔭，讓他欣喜不已；豈知隔日又派一條蟲子咬
死蓖麻樹，讓約拿被熱風和日頭曬得發昏。他再度向上帝發怒，
上帝第二次問他：「你的發怒合乎理嗎？」當約拿述說上帝是個

---

10 蓖麻：在中東地區一種常見的灌木，多生於沙土，成長特別迅速，可長到大約六至
　七尺高，有寬大的葉子，可作很好的遮陽樹。蓖，音ㄅㄧˋ。

「不輕易發怒」的上帝時，相對的，他自己卻是輕易發怒的人。他對創造全人類的上帝發怒，因爲祂沒有消滅成千上萬的尼尼微人；他又同樣對創造動植物的上帝發怒，因爲祂讓蟲子咬死一棵蓖麻樹。區別只在於：蓖麻樹的死給他個人造成明顯的不適，而災難臨到尼尼微人，他卻以爲理所當然。約拿爲上帝不如己意，再次執拗地爲自己求死，甚至還振振有辭說自己的發怒都是合理，這正好突顯出他的自私和無理、以及固執和偏見。上帝曾經拯救約拿，他卻不能推己及人，還是依然故我，沒有眞正悔改。

耶和華說：「這蓖麻不是你栽種的，也不是你培養的；一夜發生，一夜乾死，你尚且愛惜；何況這尼尼微大城，其中不能分辨左手右手的[11]有十二萬多人，並有許多牲畜，我豈能不愛惜呢？」

‧間奏 8‧

上帝這個意蘊深沉的問題，如當頭棒喝，約拿驚訝得啞口無言。上帝以生命極爲短促，僅只存活一夜的蓖麻樹來點醒約拿，他不曾爲這棵蓖麻樹做過任何種植、澆灌的工作，只是享受蓖麻樹蔭帶來的涼爽之樂，連這樣的生命他都會疼惜，不捨其死亡；相對於尼尼微城數十百萬的人口和許多牲畜，其間的差距更爲巨大，

---

11 不能分辨左手右手的：兒童不能分辨左手右手，通常在兩歲左右，若佔人口十分之一，則尼尼微城有一百二十多萬人。一說，希伯來人以右手爲善，左手爲惡，所以右左指善惡。通常兒童在七歲左右可分辨簡單的善惡，這樣的幼童若佔人口五分之一，則全城應該有六十多萬人口。

岂能夠坐視不顧，對他們的死亡毫無憐憫之心？上帝創造天地萬物，祂的慈愛也遍及天地萬物，不忍見有一人因惡行沉淪，而願意等候人人悔改；但約拿卻只在乎一己一族的得救，忘記上帝造人的本意原是甚好，並非與人爲敵。如果約拿細察他這一路的行跡，當可明白上帝藉由他的悔改施行一路的拯救：救了一船的人，救了他自己，最後更救了全尼尼微城的人和牲畜。上帝奇妙的大愛在此顯現無遺，也給予我們關於生命救恩的莫大啓示！

——本文選自和合本《聖經》（臺北：臺灣聖經公會，2004）。

▋▎主旋律▎ ⫶━━━━━━━━━━━━━━━━━━━━

　　《聖經》是基督宗教的宗教經典，包含《舊約全書》和《新約全書》兩部分。（案：猶太教僅以《舊約》爲其《聖經》，或稱《希伯來聖經》）。《聖經》從最早成書的〈約伯記〉（約西元前1500年）到最後成書的〈啓示錄〉（西元90至96年之間），歷經1600年左右，共超過40位作者。這些作者多爲猶太人，其文化水準、身分地位和職業各不相同，其中有先知、君王、祭司、文士、牧人、漁夫、醫生等等。據信是各作者接受神的默感，描述神給各人的啓示，各自成文。此後口耳相傳，輾轉傳抄，最後經由教會組織統一集結成爲正典。

　　《聖經》不僅僅是一本宗教經典，其中更融合著歷史、文化、政治、經濟各方面內容，是一部關乎生命的寶典。《聖經》爲西方文明的重要源泉，堪稱是世界上發行量最大，發行時間最長，翻譯語言最多，流行最廣而讀者群最大，影響最深遠的一部書。其中的《舊約》

記載神創造天地，與以色列民族立約，並施行拯救的過程。而《新約》則藉由基督耶穌的到來，重新與全人類立約，傳遞神愛世人的福音。這些美麗的篇章，蘊含著深刻的思想內涵，是一筆豐富的精神財富，曾啓迪無數的文學家、藝術家、思想家，爲人們帶來無窮的靈感與希望。

《聖經》最早自唐代傳入我國，之後經過不同時代的翻譯。民國初年翻譯的和合本《聖經》是現今國內普遍使用的《聖經》。

〈約拿書〉是《舊約》中的一卷，講述上帝派遣先知約拿去尼尼微城警告將遭毀滅的信息，但約拿並不順服，一路逃避這項使命，卻逃不過上帝的大能，先是遭遇海上風暴，繼而被大魚吞下肚。最後約拿因爲悔改而獲救，上帝也在一連串奇妙的神蹟中，展現祂豐盛的慈愛和恩典，並非一族一人所獨有，而是遍及於全人類，是救贖苦難的生命不可缺少的仰望。

▉協奏曲 ⦂•────────────────

基督教在面臨生死問題時，以順服上帝、謙卑悔改的行爲，來仰望上帝的憐憫和救恩；這與其他的宗教信仰極爲不同，與儒家思想所說的「生死有命，富貴在天」（《論語‧顏淵》子夏曰）也頗有出入。《聖經》約拿的故事，藉由曲折起伏的戲劇化情節，生動呈現出人從違逆上帝的旨意到順服悔改的過程，不僅救了自己，也救了許多人。

在你的生命中，是否也有類似於約拿的經驗？因爲固執己見，因爲心高氣傲，因爲懶惰懈怠，因爲私念偏見，而對父母、師長或友朋好意的教誨勸誡置之不理，一意孤行，結果發生不可預期的意外，或

吃了大虧、或遭遇險難、或歷經傷痛——幸好最後仍安然無事；當時的你，有什麼樣的感受？有什麼樣的悔改？或是不悔改？是否讓你對於自己的生命存在開始有了不同的省思呢？請就此來談談你的「約拿經驗」吧！

每個人的心中都有大樹，很多的大樹便會成為最茂盛的樹林，讓人感到安全、受到保護，就像爸爸給孩子的感覺一樣。（圖：謝穎怡〈樹林屏障〉）

【我的約拿經驗】學習單

（1）你認為自己是個固執己見的人嗎？若是，什麼樣的事情特別會讓你固執己見？若不是，你認為自己是個怎麼樣的人？

例如：

我是個固執己見的人，只要是我想做的事情，我就一定會⋯⋯

我不是個固執己見的人，相反的，我是個沒有主見的人⋯⋯

這個嘛～～很難講耶！要看是什麼事情啦⋯⋯

（2）在你印象中，曾經不聽父母、師長或友朋好意的勸告或教誨，因而吃虧或受傷的事情是什麼？請詳說這段經驗。

例如：

在我還是調皮搗蛋的年齡時，不聽父母警告，將迴紋針插進插座⋯⋯

還記得剛剛學會騎車的那年暑假，不聽老師勸阻導致「雷殘」⋯⋯

其實我身邊所有的朋友，都勸我放下這段感情，可是我就是做不到⋯⋯

（3）因為這段經驗，你得到什麼樣的啟示？你是否從此改正你的某些行為或因此學會成長？

例如：

在火花激迸出來的那一刻，我看著燒焦的指甲和頭髮，領悟到「科學」的真理⋯⋯

每當我望著腿上的那片疤，耳畔都會響起母親溫柔的話語⋯⋯

回首來時路，我深刻體會到愛情不是自私的擁有，而是尊重與成全⋯⋯

☺請開始發揮天馬行空的想像力，如果時間可以倒流，回到當初的那個時刻，我會⋯⋯

▌迴旋曲▐ ⟡━━━━━━━━━━━━━━━━━━━

1. 《舊約・創世紀》第6～9章〈挪亞方舟〉：和合本《聖經》（臺北：臺灣聖經公會，2004）。

2. 倫亞洛諾夫斯基（導演）：《挪亞方舟》（臺北：派拉蒙電影公司，2014）。

3. 黃春明：〈國峻不回來吃飯〉，《聯合報E7版聯合副刊》（2004.6.20）。

4. 王溢嘉：〈狂亂震顫的一刻〉，《實習醫師手記》（臺北：野鵝出版社，1989）。

5. 陳義芝：〈為了下一次的重逢〉，《為了下一次的重逢》（臺北：九歌出版社，2006）。

6. 賴鈺婷：〈臨摹我父〉，沈惠芳主編：《親情之旅》（臺北：幼獅文化，2008）。

7. 米奇・艾爾邦（Mitch Albom）著、白裕承譯：《最後14堂星期二的課》（臺北：大塊文化，1998）。

8. 瀧田洋二郎（導演）：《送行者：禮儀師的樂章》（臺北：臺聖多媒體股份有限公司，2009）。

9. 劉梓潔：《父後七日》（臺北：寶瓶文化事業有限公司，2010）。

（兵界勇、李佳蓮選編）

編輯人員簡介

主編：
　　閱讀書寫課程教材編寫團隊

編輯團隊教師群：（按姓氏筆畫順序排列）
　　王惠鈴、兵界勇、李佳蓮、陳鍾琇、陳靜容、
　　陳憲仁、廖憶榕、謝瑞隆、薛雅文

顧問：
　　蕭水順（蕭蕭）、羅文玲

封面設計：
　　謝穎怡、廖憶榕

圖片繪製／攝影：
　　謝穎怡、潘坤松、潘俊志、陳鍾琇

教學助理：
　　林昆生、劉柏宏、蘇祥澤、吳佳倫

行政助理：
　　王薇淳、高秋如、周玟瑜

私の筆記書

❧ 緣 起 ❧

　　《私の筆記書》是明道大學 102 學年第一學期大一國文學生作品手工書的個人成果。明道大學於 102 學年執行教育部「全校性閱讀書寫課程推動與革新計畫」之「樂活探索與生命關懷」計畫的關係，成立了一支五人教學教師、三人教學助理(TA)的團隊，編寫了全新的教材《文學與生命的交響樂章》做為上課專用課本，而這本筆記書就是從上課專用課本的十篇文章後的「協奏曲」(即學習單、教學活動、習作)摘錄出來，設計較為適合書寫習作的表格與練習區，而編輯成這本《私の筆記書》的模型。

　　《私の筆記書》是上課同學把自己這一學期來關於這門課上課或課餘所作的相關練習，集結成一本專屬於自己的手工書。書的封面和背面已經預留許多空間讓同學自行加工美編，內頁的筆記紙可供學習單額外補充作答、授課老師另外指派作業、同學自行書寫繪畫心情札記使用，期待在老師、教學助理(TA)和同學三方積極合作之下，可以打開心門，讓學習成為生活的一部份。學期結束時這本筆記書將統一辦理成果展，為同學的大學學習成果留下值得紀念的扉頁!!!

明道大學「國文一點靈」閱讀書寫課程教材編寫團隊

2014.9.1

目　錄

一部曲「家庭同心圓」選篇一：
陶淵明〈責子詩〉

　　每個人的生命都是獨特的，個性也往往不同。與人交往應對的過程中，我們的個性往往也展露而出，別人眼中的自己往往就是個性優缺點的展現。自小到大，

我們在父母（或者爺爺奶奶）的教養下成長，我們在父母的眼中，到底是個什麼樣的孩子呢？每個人都喜歡被人讚揚優點，卻很難欣然地接受別人眼中有缺點的自己，甚至是覺得別人對自己有誤解。

　　由於大部分傳統觀念深厚的父母對孩子的優點總吝於褒揚，卻對孩子的缺點指責歷歷，也造成親子關係的緊張與誤解。因此，本單元所要進行課堂習作，請同學自我反思，在父母眼中的自己的缺點有哪些？若真有這些缺點，你要如何改正？若無，你會向父母表白什麼？

【想對父母說】學習單		
日期： 8月8日	姓名:林大元	學號:1234567

【步驟一】 回想一下自己的成長過程，自己在父母親的眼中有哪些「缺點」？	請將自己在父母眼中的「缺點」逐一反省寫下來。 A:1.拒絕溝通。 　當她出現在身邊，不管在做什麼，立馬離開，絕不逗留。不看、不聽、不回應。 　2.房間不整理。 　從外面回來，洗完澡直接睡覺，垃圾桶滿了也不倒，飲料杯、保特瓶也不丟，堆積如山的臭衣服，等到有心情才處理。
【步驟二】 你認同自己在父母眼中有這些「缺點」嗎？ 1. 若有，你要如何改正？ 2. 若無，你會向父母表白什麼？	請將自己想對父母說的話寫下來。 A:我認同，但我絕不會因妳的話去改變我的生活習慣，為什麼？因為妳的思想和觀念完全限制了我的人生，我並不是一個很上進的人，但我知道我在做什麼，妳要我演妳安排的人生劇本，然後變成你理想中兒子，變成一個平凡沒有個性的人，過著平凡的一生，讓我作噁! 　我有我的期待。雖然談不上理想也沒有什麼安排，但我也是朝九晚五的忙碌著，不要期待我會擔負妳的期望，妳走吧!我會繼續用我的方式活在世界上。
☺老師/TA 的內心話	與父母親的對話，立場鮮明，若能以更和平而堅定的氣度而持續努力，相信未來總會有圓滿和諧的關係。

【想對父母說】學習單		
日期： 月 日	姓名：	學號：

【步驟一】 回想一下自己的成長過程，自己在父母親的眼中有哪些「缺點」？	請將自己在父母眼中的「缺點」逐一反省寫下來。
【步驟二】 你認同自己在父母眼中有這些「缺點」嗎？ 1. 若有，你要如何改正？ 2. 若無，你會向父母表白什麼？	請將自己想對父母說的話寫下來。
☺老師/TA 的內心話	

一起尋找平凡生命中的小確幸……

一部曲「家庭同心圓」選篇二：
魯迅〈風箏〉

　　你整理過家中的舊照片嗎?父母、長輩或兄弟姊妹小時候的照片,哪些讓你看到就有說不完的故事呢?讓我們一起翻箱倒櫃,將過去與家人的共同回憶重新回味一番。

　　請每位同學提供 1~2 張父母長輩、兄弟手足的照片電子檔(合照或獨照皆可),以年代久遠者為佳,並上臺與大家分享照片中的故事。再請每位同學順著記憶的長廊,在學習單中寫下屬於你的感動記憶。

【照片的記憶長廊】學習單		
日期：9 月 1 日	姓名：王小明	學號：0003655

【家中長輩的年輕印記】 請以家中長輩為主角，訴說一段關於這位長輩年輕時風光或波折的故事。	我的曾祖母生於 1892 年，卒於 1989 年，享壽 97 歲。在他生前，我親眼看過他的三寸金蓮，真的很小，記得曾祖母曾說，以前王家在台南關廟地區是大地主，他從小便纏腳，大門不出二門不邁，等著人家來說媒。但是，命運的捉弄，卻愛上了家裡的長工，兩人原定要私奔，但因為纏小腳跑不動的關係，最後還是作罷。我印象中的曾祖母，常常倚靠在門邊，看著遠方發呆，從來不知道他心中在想些什麼。我想，他在兒孫滿堂之際，心中的缺角應是少女時期情竇初開的一段殘缺的愛情吧！
【兄弟手足間的秘密心事】 請寫下你與兄弟姊妹間曾經擦槍走火或同甘共苦的一段回憶。 如果是獨生子女者，可分享自己的真實心情，或對於手足的想像畫面。 	我的原生家庭有五姊妹，與世界名著《小婦人》一樣，我排行老二，每個姊妹的個性都不相同。我印象最深刻的是三妹自小便離家生活的記憶，三妹是個運動健將，各種項目都難不倒他，學校的體育老師親自登門拜訪，希望我的父母答應讓三妹加入學校的桌球隊，一開始父母不同意，後來老師提到要將三妹送到新竹科學園區的宏碁電腦桌球訓練基地去培訓，成為桌球國手，食宿費用全由宏碁電腦支付，父母考量到減輕家中經濟的因素，便答應了，於是三妹與我們家分開了整整五年之久，對於這個妹妹的記憶，竟然逐漸模糊。後來，在三妹小六要升國一的時候，可能是因為青春期的關係，他再也受不了每天訓練的單調生活，想要結束國手的生涯，最後幾經溝通，仍尊重他的意願。不知道是否因為這五年的互相缺席，三妹的心事很少跟我們分享，我們常常到了事後才獲知，真希望能有時光機，讓我們回到過去，把那五年的空白想辦法彌補起來。
☺老師/TA 的內心話	我們的長輩也曾經是孩子，也曾經年輕過，在不同的時空，都曾經活出自己的人生，能以同理心看待發生在長輩身上的故事，是幸福的。姊妹之間常耳聞爭風吃醋之事，但卻能在生命中留下甜蜜的回憶，足以見證親情的力量。

【照片的記憶長廊】學習單		
日期：　月　　日	姓名：	學號：

【家中長輩的年輕印記】 請以家中長輩為主角，訴說一段關於這位長輩年輕時風光或波折的故事。	

【照片的記憶長廊】學習單		
日期：　月　　日	姓名：	學號：

【兄弟手足間的秘密心事】 請寫下你與兄弟姊妹間曾經擦槍走火或同甘共苦的一段回憶。 如果是獨生子女者，可分享自己的真實心情，或對於手足的想像畫面。	
☺老師/TA 的內心話	

二部曲「友情心電圖」選篇一：
列子〈伯牙撫琴〉

　　人生知音難遇，人海茫茫，身邊過客匆匆，終其一生仍尋尋覓覓，有時知音已來到身邊，但因為無謂的矜持，心房無法突破，錯過了彼此相知的機遇，不管錯過與否，總是來不及把真心話對他說。

　　請同學回憶過去各個階段的朋友中，目前仍讓你念念不忘的幾位，分別幫他們取個「綽號」，也許這幾位是你所感謝的、你所抱歉的、你所痛恨的、你所遺憾的，請把你們之間的故事說明一下，並把現在想對他們訴說的心裡話，在這份作業中表達。

【友情大會串：「我想對你說」】學習單		
日期:8月15日	姓名:劉小潮	學號:1234567

【步驟一】「謝謝你曾經來到我的生命中」找出一位你想「感謝」的朋友(取綽號)，附一張他的照片，手繪也可以，寫下你想對他表達的感恩之意。	【我想對你說】 给金金： 你是第一位我北部最好的朋友，常常聽說網路交友會有問題，但我運氣算很好吧!沒出現太大的問題，前幾天才幫你女朋友慶生耶!哈哈，很開心你現在過得很好唷!我要是女孩子，也不會放過你的。謝謝老天讓我遇見你唷!!! 
【步驟二】「請你滾出我的生命中」找出一位你想要絕交的朋友(取綽號)，附一張他的照片，手繪也可以，寫下你想對他表達的斷交之意。	【我想對你說】 给討厭我的人： 討厭我沒關係，別傷害我就好；恨我沒關係，別殺我就好；人的一生，生不帶來死不帶去，愛恨終也會空。無法讓你對我有好感，是我的失敗，也希望將來別有太大的相遇，各自安好就好。 
☺老師/TA的悄悄話	很新潮的交友放式(網交)，虛擬世界中仍要真心以待，很有創意的另類絕交宣言。酷!

【友情大會串：「我想對你說」】學習單		
日期： 月 日	姓名：	學號：

【步驟一】	【我想對你說】
「謝謝你曾經來到我的生命中」 找出一位你想「感謝」的朋友（取綽號），附一張他的照片，手繪也可以，寫下你想對他表達的感恩之意。	

【步驟二】 「請你滾出我的生命中」 找出一位你想要絕交的朋友（取綽號），附一張他的照片，手繪也可以，寫下你想對他表達的斷交之意。	**【我想對你說】**
☺老師/TA 的悄悄話	

【友情大會串：「我想對你說」】學習單

二部曲「友情心電圖」選篇二：
嵇康〈與山巨源絕交書〉

　　你身處於友情氾濫的漩渦中，無法自拔嗎？你被友情變相勒索，不敢掙脫嗎？你願意面對自己內心真正的聲音，從友情中撤下自己與他人的假面，從零開始嗎？

　　為了在友情的陰影中得到釋放和療癒，必須坦誠面對內心真實的聲音。本單元設計「信念覺察」、「宣告接納」兩個步驟，並使用相應的祈願文，讓同學進行友情療癒書寫。請同學在空格中按照句子照抄一遍，將括號中的字句重新填入自己的真實感受，不限字數。（可進一步參考王怡仁：《不藥而癒：身心靈整體健康完全講義》，臺北：賽斯文化，2010 年）

【友情療癒書寫祈願文】學習單

日期:9 月 1 日	姓名:王小明	學號:0003655

【步驟一】 「信念覺察」： 找出存在已久的內在衝突	【祈願文】 「一直以來，我的情緒（非常矛盾痛苦），因為我的想法中，總是不斷出現我所謂的好朋友（在我背後說我壞話，言不由衷，挑撥離間，腳踏多條船的噁心嘴臉）。經過覺察，我知道是我的信念中相信（人心不可信，沒有永遠的朋友，只要一出現誘惑，友情立刻就變質），而在想法中的畫面，及實際上發生的實相，正是我的內在想要去經驗的。」
	【習作】 一直以來，我的情緒（非常煩躁不安），因為我的想法中，總是不斷出現我所謂的好朋友（並非真心相待，只想要利用我，當我沒有利用價值後，就會把我丟到一旁去）。經過覺察，我知道是我的信念中相信（人都是自私的，沒有人會真心替別人著想，這個世界是現實的，自己不要太天真，太一廂情願了），而在想法中的畫面，及實際上發生的實相，正是我的內在想要去經驗的。
【步驟二】 「宣告接納」： 使用自我宣告，全然接納所有發生、安排在我們身上的所有痛苦，經由接納，真正地釋放自己。	【祈願文】 「經過覺察，我明白自己是在對立（我曾經被朋友背叛的慘痛經驗）；是的，我就是（那種用責任心不斷鞭策自己，而不是用單純的熱情在對待朋友）的人，又因為這樣的性格，我現在（明明討厭一個人，卻要裝出友好的可笑姿態）；而這樣的問題，使得我的心情（常常很複雜，痛恨自己的虛偽）。我全然接納這樣的自己。」
	【習作】 經過覺察，我明白自己是在對立（我常常被長輩告誡的觀念:所有人都帶著目的接近你）；是的，我就是（那種人家一恐嚇我就會被嚇到，或者聽了旁人不幸的遭遇，我便會信以為真）的人，又因為這樣的性格，我現在（即使遇到很多不同性格的朋友，我連靠近的意願都沒有，單純憑旁人的片面之詞，就可以被我直接宣判死刑）；而這樣的問題，使得我的心情（常常很憂鬱，生活單調到極點，對於身邊無聊的朋友，又一直頗有抱怨）。我全然接納這樣的自己。
☺老師/TA 的內心話	朋友就像一本一本的書，每本書都有其精彩之處，但是否對自己的味，也只能靠緣分，也必須當事人願意坦然面對真實的自己，才能在「對的時間」吸引到「對的朋友」。

【友情療癒書寫祈願文】學習單		
日期： 月 日	姓名：	學號：
【步驟一】 「信念覺察」： 找出存在已久的內在衝突	【祈願文】 「一直以來，我的情緒（非常矛盾痛苦），因為我的想法中，總是不斷出現我所謂的好朋友（在我背後說我壞話，言不由衷，挑撥離間，腳踏多條船的噁心嘴臉）。經過覺察，我知道是我的信念中相信（人心不可信，沒有永遠的朋友，只要一出現誘惑，友情立刻就變質），而在想法中的畫面，及實際上發生的實相，正是我的內在想要去經驗的。」 【習作】	

	【友情療癒書寫祈願文】學習單
【步驟二】 「宣告接納」： 使用自我宣告，全然接納所有發生、安排在我們身上的所有痛苦，經由接納，真正地釋放自己。	【祈願文】 「經過覺察，我明白自己是在對立（<u>我曾經被朋友背叛的慘痛經驗</u>）；是的，我就是（<u>那種用責任心不斷鞭策自己，而不是用單純的熱情在對待朋友</u>）的人，又因為這樣的性格，我現在（<u>明明討厭一個人，卻要裝出友好的可笑姿態</u>）；而這樣的問題，使得我的心情（<u>常常很複雜，痛恨自己的虛偽</u>）。我全然接納這樣的自己。」
	【習作】
☺老師/TA 的內心話	

三部曲「緣來就是你」選篇一：
倉央嘉措〈十誡詩〉

　　愛情讓人有滿滿的幸福感，因為愛而覺得生命是光彩的；然而，愛情也是苦澀的，期待、失落、想念、徬徨不安等複雜心情也令人躊躇難過。倉央嘉措〈十誡詩〉道盡了愛情中的酸甜苦辣，因而提出了不愛不苦的想像之語。然而愛真是痛苦的？到底愛情的滋味如何？請同學手繪或找尋一幅圖畫，試著把你對愛情的認識或想像以圖領文來作書寫，書寫的文體自由，在完成詩作後，請分組進行愛情分享會。

【愛情的滋味‧愛情圖畫詩文創作】學習單			

日期：8 月 10 日	姓名：蘇範例	學號 7654321

一、【題目】

配合「圖像」，書寫你對愛情的認識或想像（愛情的滋味）。

二、【步驟】

1. 愛情圖畫詩文創作前，先回家搜尋或手繪一幅你覺得最能彰顯愛情本質的圖像。
2. 本單元結束後，試著配合你所選或手繪的圖像，書寫你對愛情的認識與期待。
3. 創作完成後，每組推選 2 位組員上台分享愛情圖畫詩文創作，大家進行愛情分享會，
   交流主題：愛情的滋味到底是什麼？

【愛情圖畫詩文創作區】

在我心中愛情應像白開水一班，雖然平平淡淡不像各種飲品有種種滋味，但卻是

日常生活中絕對無法取代的，各種飲料滋味豐富，但只能維持短暫的時間，給予

的僅僅一段時間的歡快，不能長久維持，白開水雖無任何味道，卻是人們生活所

必要的，反而可以持續許久的時間，愛情就應像白開水一樣看似平淡，卻能長久!

☺老師/TA 的 心情分享	白開水的愛情是淡然而雋永的。
	其實不同的心情喝白開水，味道還是不同的，可以嘗試分享。

【愛情的滋味・愛情圖畫詩文創作】學習單		
日期： 月 日	姓名：	學號

一、【題目】

    配合「圖像」，書寫你對愛情的認識或想像（愛情的滋味像…）。

二、【步驟】

1. 愛情圖畫詩文創作前，先回家搜尋或手繪一幅你覺得最能彰顯愛情本質的圖像。
2. 本單元結束後，試著配合你所選或手繪的圖像，書寫你對愛情的認識與期待。
3. 創作完成後，每組推選 2 位組員上台分享愛情圖畫詩文創作，大家進行愛情分享會，
    交流主題：愛情的滋味到底是什麼？

【愛情的滋味像…】（一幅圖像）

【愛情的滋味・愛情圖畫詩文創作】學習單

日期： 月 日	組員姓名：

一、【題目】

　　配合「圖像」，書寫你對愛情的認識或想像（愛情的滋味像…）。

二、【步驟】

1.愛情圖畫詩文創作前，先回家搜尋或手繪一幅你覺得最能彰顯愛情本質的圖像。

2.本單元結束後，試著配合你所選或手繪的圖像，書寫你對愛情的認識與期待。

3.創作完成後，每組推選 2 位組員上台分享愛情圖畫詩文創作，大家進行愛情分享會，
　交流主題：愛情的滋味到底是什麼？

【愛情圖畫詩文創作區】

☺老師/TA 的
　心情分享

三部曲「緣來就是你」選篇二：
班婕妤〈怨歌行〉

　　愛情是否能夠經得起考驗？有些人你曾經深愛過，但漸漸不再那麼愛了；有些人或許一直默默地守候著你，但你會產愛上他？班婕妤〈怨歌行〉經由團扇的歌詠，陳述了對愛情的懷念與失落，同時也表達了愛情終難廝守的悲哀。我們不禁暗忖－海誓山盟、海枯石爛的感情有可能？到底人類的愛情是否能夠永恆？為什麼愛？為什麼漸漸地沒那麼愛？我們試著從人性來分享愛情，進一步去討論如何經營愛情。

分組討論【愛情分享會：「愛情可以永恆嗎？」】學習單	
日期：8月24日 第 1 組	參與討論的組員姓名：蘇範例、劉小潮、林大元
【步驟一】 同學進行分組討論「愛情可以永恆嗎？」 每組把意見寫在學習單上，然後進行組員分享。	【愛情可以永恆嗎？】 是的，只要有穩定的居所、穩定的職業和收入，並有滿足目前生活知足常樂的心，愛情便能想家人一樣持續到老至生命終結！
【步驟二】 接續討論： 1. 如果你相信人類的愛情可以永恆，什麼樣的愛情才是永久不變？ 2. 人性的愛情如果不能永恆，那麼要怎麼經營與保值？	(1)【什麼樣的愛情可以永恆？】 就如同上述所說兩人的相處如家人一般，對彼此有責任在，了解對方個性，且能互相包容，有穩定的收入及生活，再加上能給彼此足夠的生活空間，才能長久維持！ (2)【愛情要如何經營與保值？】 就如同上述所說兩人的相處如家人一般，對彼此有責任在，了解對方個性，且能互相包容，有穩定的收入及生活，再加上能給彼此足夠的生活空間，才能長久維持！
☺老師/TA 的 愛情指點	永恆的愛情除了穩定的居所、職業等，兩人的性格、興趣等也是必要考量的。

分組討論【愛情分享會：「愛情可以永恆嗎？」】學習單

日期：　　月　　日	參與討論的組員姓名：
第　　組	

【步驟一】	【愛情可以永恆嗎？】
同學進行分組討論「愛情可以永恆嗎？」 每組把意見寫在學習單上，然後進行組員分享。	

分組討論【愛情分享會:「愛情可以永恆嗎?」】學習單

【步驟二】 接續討論： 1. 如果你相信人類的愛情可以永恆，什麼樣的愛情才是永久不變？	(1)【什麼樣的愛情可以永恆？】
2. 人性的愛情如果不能永恆，那麼要怎麼經營與保值？	(2)【愛情要如何經營與保值？】
☺老師/TA 的 　愛情指點	

四部曲「養生深呼吸」選篇一：
莊子〈養生主〉（節選）

莊子提到的「養生」，是一種心靈上的超脫，面對阻難重重的現實困境，發現自然的規則並讓靈魂安然自在地活在其中。如同一道佳餚要利用生鮮的材料在盤子中盡情舒展一般。請以自己的個人最「牛」（超乎尋常）的特質或經驗為材料（如：寂寞、害羞、失戀、病痛……等），再以自

我的期許與應對之道為調理方式，把自己的生命變成一道令人食指大動的佳餚。如果天命注定難違，人生亦無異路的話，你要如何像莊子一般安時處順走下去？請為自己的生命調理一份養生食譜吧！

分組討論【我的養生食譜】學習單

日期： 8 月 15 日	（第 1 組） 參與討論的組員姓名：林大元、蘇範例、劉小潮
材　料	常常感到寂寞(個人最「牛」的特質或經驗)
調理方式	走出自己的世界(我的期許與應對之道)
調 理 過 程	我不敢說自己是個活潑外向的人，但是我並不寡言，很多朋友都說我是個穩重且熱情的人，總是大江南北西東地奔走，卻沒有人願意進一步的了解我。 　　邁入人生的第二十個年頭，總是期待今年能夠終結孤單，但是回應我的，只有不斷增厚的集卡冊。我知道，我的身型不好，長得也不英俊，很多的朋友教我減重，但是並沒有改變什麼。為了讓自己不孤單，所以參加了很多社團也加入了系學會，面對著一陣又一陣的困難，我總是開心的笑著，當我把時間都給了別人，寂寞的時間就少了一些。 　　慢慢的，我麻痺了。我不停的幫助別人，把自己的感受給遺忘了，我分不清事情的對錯、也不在乎成果的好壞，只是像機器般的處理著自四面八方投擲而來的事情。我突然發現，我沒有美好的生命經驗跟別人分享、我沒有一趟自由的旅行，我把自己鎖在電腦桌前，不斷地跟與我無關的事情搏鬥，於是我放下了。放下了別人看我的眼光、放下了自己扣上的枷鎖、放下了身上一切的重擔，我第一次感到我屬於我自己。 　　我開始旅行，不管有沒有人陪。馳騁在群山之間，呼吸沁涼的空氣。遠渡綠島，欣賞碧海藍天相輝映的景象。探訪九份老街，品嚐芋圓香甜彈牙的口感。我一個人，但是有山、有海、有美景、有美食，有很多美好的東西陪著我，我一個人，但我不孤單。 　　　　　　　　　　　　　　　　　　　　　　　　（文長限 300-500 字）
☺老師/TA 的美味評點	初嘗是苦澀燙舌，像剛摘的青芒果，還未成熟，又帶點委屈的微酸，雖然想用醃漬的方法，強加其他的味道來遮掩，但卻失去了原來風味。不如就任由時間催化，放下的一念間，反而解放孤獨的酵素，在藍天碧海的薰拂中，自自然然浸透出與眾不同的芬芳！這芬芳可聞而誘人，絕對不是固體般執著，一定能擴散到更遠更遠的有情人間。

分組討論【我的養生食譜】學習單	
日期： 　月　日 第　　組	參與討論的組員姓名::
材　料	（個人最「牛」的特質或經驗）
調理方式	（我的期許與應對之道）
調 理 過 程	（文長約300字）
☺老師/TA 的美味評點	

一起尋找平凡生命中的小確幸……

四部曲「養生深呼吸」選篇二：
蔣勳〈新食代〉（節選）

　　蔣勳在〈新食代〉中，藉由吃這件事引發出「有機生活」的概念。不禁令我們思考平日的飲食生活中，是不是也流於倉促，流於物化，沒有善待我們做為人的價值？

　　下列請以照片配合文字的臉書記錄方式，分享你近期食用且印象深刻的一餐，同時檢視自己是否具有〈新食代〉文中提到的「有機生活」？（照片兩張，每張須有說明，每則文長 100-150 字）

「有機生活」臉書

（照片黏貼處之一）

【說明】這並不是很特別的一餐，這是平常的早餐。我總是來這一家麥軒吃早餐，雖然早餐店裡的東西大部分都沒有什麼營養，但是我很喜歡坐在店裡的感覺，有時候早上沒有事，常常在店裡坐一、兩個小時，沒有什麼原因，只是我覺得我坐在那邊沒有什麼壓力，能夠好好的享受屬於我的時間。

（照片黏貼處之二）

【說明】通常我的早餐都不只一份，我會叫兩份早餐，也沒什麼原因。只是因為喜歡吃那裏的早餐，吃遍了北斗的早餐店，單論漢堡或抓餅的話，麥軒的早餐無人能出其右。其實麥軒的好，不只是早餐。麥軒的老闆是一對夫妻，兩個人都很喜歡跟來店裡的客人聊天，或許只是因為這樣，他們讓早餐不只是早餐。大家坐在一起，開玩笑、分享資訊、聊天說地無所不談，很和諧、很親切。

☺老師/TA 的留言　想想看我們多少的生命虛耗在速食的消費上，把吃飯只當成吞嚥和付帳的動作，我們節省了時間，但卻浪費了細火慢燉的人間情味，浪費了賓至如歸的家常閒話。在「速食」的眼光下，店只是店，是不值回顧的海市蜃樓；但在「有機」的眼光下，店不是店，是旅人渴望的沙漠綠洲啊！

「有機生活」臉書（上）

（照片黏貼處之一）

【說明】

「有機生活」臉書（下）

（照片黏貼處之一）

【說明】

五部曲「生命向前行」選篇一：
郭漢辰〈生死一瞬〉

　　閱讀〈生死一瞬〉，同學有想起經歷過最難忘的天災嗎？記得那時候閃過腦海的念頭是什麼嗎？

　　每一次的災難，我們都不曉得它何時想來。很幸運地，我們活到了今天，此時此刻。但是，下一秒、下一日、下一個月月年年，卻有著無數不得而知的天災。

當然，我們不必恐懼它的到來，畢竟眼前十分平靜美好。不過，如果我們都能做好一些準備，心靈上必然更為安定，遺憾也將減到最少最少。

　　這時候，請您帶著「寧靜」的心情，用一種充滿「珍惜」的心境，寫下這封做好準備的信件。

【寫信給另一個世界的自己】學習單

日期：8 月 15 日	姓名：劉小潮	學號：1237654

如果，我即將遠行到另一個世界，
我會想寫下那些話，投遞給那個世界的自己？

TO: 另一個世界的自己

嗨~

有見到爺爺、奶奶、叔叔嗎?他們是你一生中，最難忘的人唷!

投胎的時候要再當祂們的子嗣或親人，好好的回報祂們，做牛做馬也要甘願唷^_^。

另一個世界，風景如何呢?

是震撼還是快意呢?那裡的人，有帥哥或是正咩嗎>< " ?

(還關心這個)哈哈~去了那裡就去了那裡吧!

別忘了要用心觀察世界，用心活再那世界，交一大堆好朋友，快樂過另一個人生。

(送一首歌給自己:陳雷〈歡喜就好〉)

人生海海　甘需要攏瞭解　有時仔清醒　有時青菜

有人講好　一定有人講歹　若麥想嚇多　咱生活卡自在

歸工嫌車無夠叭　嫌厝無夠大　嫌菜煮了無好吃　嫌某尚歹看

駛到好車驚人偷　大厝歹拼掃　吃甲尚好驚血壓高　水某會兌人走

人生短短　好親像塊七逃　有時仔煩惱　有時輕可

問我到底　腹內有啥法寶　其實無撇步　歡喜就好

☺老師/TA 的 時空分享	對另一個世界的自己做叮嚀，也有對親人的感恩和掛念，收到信的你，一定會放在心上好好去做的!

【寫信給另一個世界的自己】學習單		

日期：	姓名：	學號：

如果，我即將遠行到另一個世界，
我會想寫下那些話，投遞給那個世界的自己？

TO: 另一個世界的自己

☺老師/TA 的時空分享	

一起尋找平凡生命中的小確幸……

五部曲「生命向前行」選篇二：
《聖經‧舊約‧約拿書》

基督教在面臨生死問題時，以順服上帝、謙卑悔改的行為，來仰望上帝的憐憫和救恩；這與其他的宗教信仰極為不同，與儒家思想所說的「生死有命，富貴在天」（《論語‧顏淵》子夏曰）也頗有出入。《聖經》約拿的故事，藉由曲折起伏的戲劇化情節，生動呈現出人從違逆上帝的旨意到順服悔改的過程，不僅救了自己，也救了許多人。

在你的生命中，是否也有類似於約拿的經驗？因為固執己見，因為心高氣傲，因為懶惰懈怠，因為私念偏見，而對父母、師長或友朋好意的教誨勸誡置之不理，一意孤行，結果發生不可預期的意外，或吃了大虧、或遭遇險難、或歷經傷痛──幸好最後仍安然無事；當時的你，有什麼樣的感受？有什麼樣的悔改？或是不悔改？是否讓你對於自己的生命存在開始有了不同的省思呢？請就此來談談你的「約拿經驗」吧！

【我的約拿經驗】學習單

（1）你認為自己是個固執己見的人嗎？若是，什麼樣的事情特別會讓你固執己見？若不是，你認為自己是個怎麼樣的人？

例如：我是個固執己見的人，只要是我想做的事情，我就一定會……

　　　我不是個固執己見的人，相反的，我是個沒有主見的人，往往別人說……

　　　這個嘛～～很難講耶！要看是什麼事情啦……

（2）在你印象中，曾經不聽父母、師長或友朋好意的勸告或教誨，因而吃虧或受傷的事情是什麼？請詳說這段經驗。

例如：在我還是調皮搗蛋的年齡時，不聽父母警告，將迴紋針插進插座……

　　　還記得剛剛學會騎車的那年暑假，不聽老師勸阻導致「雷殘」……

　　　其實我身邊所有的朋友，都勸我放下這段感情，可是我就是做不到……

（3）　因為這段經驗，你得到什麼樣的啟示？你是否從此改正你的某些行為或因此成長？

例如：在火花激迸出來的那一刻，我看著燒焦的指甲和頭髮，領悟到「科學」的真理……

　　　每當我望著腿上的那片疤，耳畔都會響起母親溫柔的話語……

　　　回首來時路，我深刻體會到愛情不是自私的擁有，而是彼此的尊重……

☺請開始發揮天馬行空的想像力，如果時間可以倒流，回到當初的那個時刻，我會……

(1)　我是個在感情上很固執己見的人，面對朋友，毫不掩飾自己的真感受，喜歡就是喜歡，不喜歡就是不喜歡，從不拖泥帶水，所以我相信我的朋友不會有人會錯意，或表錯情，合得來就當朋友，合不來就謝謝再聯絡，人生的道路很長，不想要背負太多人情包袱，否則會把自己累垮走不下去。

(2)　　在高中的時候，喜歡上一位他校的男生，秘密交往了一段時間，到了高三，他跟我提分手，我問他原因，他回答反正大學聯考完，我們一定會在不同的大學，遇到很多適合的交往對象，遲早會分手，長痛不如短痛。當時我直覺認為他很懦弱、很不負責任，而這一年交往的點滴算什麼？分手就分手吧!進了大學，果然如前男友所說，實在太眼花撩亂了，大一暗戀社團學長，沒有下文，大二心儀外系同學，也不了了之，大三終於找到真命天子，展開愛情長跑，直到現在。

(3)　現在想想，前男友是對的，他當初對我的決絕其實真的為我著想，現在我感謝他。後來我們都沒有再聯絡過，但是以他的智慧，在高中時期就能體悟到這麼成熟的人生境界(有好友跟我說，會不會是他劈腿，想不出其他適合拒絕我的理由)，我想他一定也可以在不同的城市或不同的工作上，遇到值得他珍惜一輩子的真命天女，我深深地祝福他。

☺老師/TA 的內心話	很多師長多會勸孩子不要太早談戀愛，但愛情哪是理性能控制的呢?該來的就是會來。很慶幸，你有一段美好的約拿經驗，沒有造成你日後性格上或擇偶上的障礙，真是上帝特別眷顧之人!

【我的約拿經驗】學習單

日期： 　　月　　日	姓名：	學號：

（1）你認為自己是個固執己見的人嗎？若是，什麼樣的事情特別會讓你固執己見？若不是，你認為自己是個怎麼樣的人？

例如：

　　我是個固執己見的人，只要是我想做的事情，我就一定會……

　　我不是個固執己見的人，相反的，我是個沒有主見的人，往往別人說……

　　這個嘛～～很難講耶！要看是什麼事情啦……

（2）在你印象中，曾經不聽父母、師長或友朋好意的勸告或教誨，因而吃虧或受傷的事情是什麼？請詳說這段經驗。

例如：

　　在我還是調皮搗蛋的年齡時，不聽父母警告，將迴紋針插進插座……

　　還記得剛剛學會騎車的那年暑假，不聽老師勸阻導致「雷殘」……

　　其實我身邊所有的朋友，都勸我放下這段感情，可是我就是做不到……

（3）因為這段經驗，你得到什麼樣的啟示？你是否從此改正你的某些行為或因此成長？

例如：

　　在火花激迸出來的那一刻，我看著燒焦的指甲和頭髮，領悟到「科學」的真理……

　　每當我望著腿上的那片疤，耳畔都會響起母親溫柔的話語……

　　回首來時路，我深刻體會到愛情不是自私的擁有，而是彼此的尊重……

☺請開始發揮天馬行空的想像力，如果時間可以倒流，回到當初的那個時刻，我會……

（1）

【我的約拿經驗】學習單

☺請開始發揮天馬行空的想像力，如果時間可以倒流，回到當初的那個時刻，我會……

（2）

（3）

☺老師/TA 的內心話	

一起尋找平凡生命中的小確幸……

一起尋找平凡生命中的小確幸……

【明道大學「國文一點靈」筆記書編寫團隊】

書名	私の筆記書
	(明道大學 103-1「國文一點靈」
	《文學與生命的交響樂章》學生作
	品手工書)
發行	明道大學「國文一點靈」閱讀書寫
	課程教材編寫團隊
主編	王惠鈴　　廖憶榕
編輯	陳鍾琇　　王惠鈴　　廖憶榕
	兵界勇　　謝瑞隆　　李佳蓮
封面/繪圖	謝穎怡
TA 團隊	林昆生　　蘇祥澤　　劉柏宏
出版	2014 年 9 月 1 日

【版權所有，翻印必究】

《文學與生命的交響樂章》筆記書

學生姓名：＿＿＿＿＿＿＿＿＿＿＿＿＿＿＿＿＿＿

系　　級：＿＿＿＿＿＿＿＿＿＿＿＿＿＿＿＿＿＿＿

學　　號：＿＿＿＿＿＿＿＿＿＿＿＿＿＿＿＿＿＿

生活文化叢書·詩文叢集　1301020

文學與生命的交響樂章

主　　編	閱讀書寫課程教材編寫團隊	
責任編輯	吳家嘉	

發 行 人	陳滿銘
總 經 理	梁錦興
總 編 輯	陳滿銘
副總編輯	張晏瑞
編 輯 所	萬卷樓圖書股份有限公司
排　　版	浩瀚電腦排版股份有限公司
印　　刷	百通科技股份有限公司
封面設計	斐類設計工作室
發　　行	萬卷樓圖書股份有限公司
	臺北市羅斯福路二段 41 號 6 樓之 3
	電話 (02)23216565
	傳真 (02)23218698
	電郵 SERVICE@WANJUAN.COM.TW
大陸經銷	廈門外圖臺灣書店有限公司
	電郵 JKB188@188.COM

ISBN 978-957-739-885-7
2014 年 9 月再版一刷
定價：新臺幣 280 元

如何購買本書：

1. 劃撥購書，請透過以下郵政劃撥帳號：
   帳號：15624015
   戶名：萬卷樓圖書股份有限公司

2. 轉帳購書，請透過以下帳戶
   合作金庫銀行　古亭分行
   戶名：萬卷樓圖書股份有限公司
   帳號：0877717092596

3. 網路購書，請透過萬卷樓網站
   網址 WWW.WANJUAN.COM.TW

大量購書，請直接聯繫我們，將有專人為
您服務。客服：(02)23216565　分機 10

如有缺頁、破損或裝訂錯誤，請寄回更換

版權所有·翻印必究

Copyright©2014 by WanJuanLou Books CO., Ltd.

All Right Reserved　　　　　　Printed in Taiwan

國家圖書館出版品預行編目資料

文學與生命的交響樂章 / 閱讀書寫課程教材
編寫團隊主編.
　-- 再版.-- 臺北市：萬卷樓, 2014.09
　　面；　　公分. -- (文化生活叢書)

ISBN 978-957-739-885-7(平裝)

1.國文科　2.讀本

836　　　　　　　　　　　　　103018194